**2009**
*Finalista Prêmio Jabuti*
Literatura Juvenil

**2009**
*Altamente Recomendável FNLIJ*
Fundação Nacional do Livro Infantil e Juvenil

# MEU PAI NÃO MORA MAIS AQUI

CAIO RITER

São Paulo — 2024

**Meu pai não mora mais aqui**
Copyright © **Caio Riter**
Capa e projeto gráfico: **Fernanda Peralta**
Revisão: **Waltair Martão**
Coordenação editorial: **Carolina Maluf**

**2ª edição — 2019**
**4ª reimpressão — 2024**

**CIP - BRASIL. CATALOGAÇÃO NA PUBLICAÇÃO**
**SINDICATO NACIONAL DOS EDITORES DE LIVROS, RJ**

---

R493m  2. ed.   Riter, Caio
Meu pai não mora mais aqui / Caio Riter. - 2. ed. - São Paulo :
Biruta, 2019. 184 p. ; 21 cm.
ISBN 978-85-7848-246-6
1. Ficção brasileira. 2. Literatura juvenil brasileira. I. Título.
18-54160                  CDD 808.899283
                          CDU 82-93(81)

---

*Vanessa Mafra Xavier Salgado - Bibliotecária - CRB-7/6644*
*04/12/2018   07/12/2018*

---

Edição em conformidade com o acordo ortográfico
da língua portuguesa.

Todos os direitos desta edição reservados à **Editora Biruta Ltda.**

Rua Conselheiro Brotero, 200 – 1º Andar A
Barra Funda – CEP 01154-000
São Paulo, SP – Brasil
Telefones: (11) 3081-5739 | (11) 3081-5741
**contato@editorabiruta.com.br**
**www.editorabiruta.com.br**

*A reprodução de qualquer parte desta obra é ilegal, e configura
uma apropriação indevida dos direitos intelectuais e
patrimoniais do autor.*

*Para Tadeu Fiorentin
e Juliana Viñas.*

*Ele, por oferecer alguns
caminhos e possibilidades.
Ela, pelo afeto sempre
pronto a explodir.*

# 1.

## DO
## DIÁRIO
## DE
## LETÍCIA

Como se não bastasse.
Como se não bastasse.
Como se não.
Como se.
Como.

Me sinto assim, igual a essa frase que vai se acabando, acabando, acabando, devorada por um sentimento de dor, que me invade e que me deixa mal, mesmo eu sabendo que não deveria. Os sinais estavam todos ali, bem diante dos meus olhos, eu é que não queria ver, eu é que, assim como a minha mãe, fiquei inventando que estava tudo bem.

Mas não estava.

Não estava, não.

E, como se não bastasse tudo isto que desabou sobre mim, a professora de português resolveu fazer o que jamais deveria ter feito. Entrou na sala, feliz, como se tivesse descoberto algo maravilhoso. E anunciou a nossa sentença: *Pessoal*, disse naquela vozinha nasalada de quem parece estar sempre resfriada, *vocês, neste trimestre, como trabalho de produção textual* (ela nunca fala redação) *irão escrever um diário.* E, aí, pronunciou a palavra fazendo separação silábica, bem assim: *di-á-ri-o!* Com direito a ponto de exclamação no final. Ela, toda empolgada e a turma, dividida entre o susto e a animação. Eu, meio abobalhada. Mais para o susto. Não que não goste de escrever. Ao contrário. O problema é que, neste preciso e exato momento, não quero escrever nada sobre mim. Quero só sentir dor. Só.

Mas o diário tem que ser iniciado. É trabalho escolar. Daqueles que valem muitos pontos. Tenho que fazer. Imagina, além de tudo, ainda rodar. Não, isso, não. Se bem que... se eu rodo, o pai percebe a burrada e volta.

E se não volta?

Aí, fico sem meu pai em casa e sem meus colegas de turma.

Ele até já tem Aquela Outra. Aquela que fica sorrindo para mim, como se fosse muito natural ficar agarrada, beijando e o abraçando (meu pai, viu?). Estão felizes. E ele ri, como fazia tempo que eu não via.

Ele se foi. Se foi. E meu medo maior é que se esqueça de mim. A Cássia é guria pequena, não entende nada. Mas e eu? Será que ele nunca pensou em mim quando resolveu tomar a decisão de ir embora? Não pensou nem um instantinho? Nem um?

E a minha mãe, será que sabia que seu casamento estava indo ralo abaixo? Se sabia, nunca trocou comigo. Seguia sua vidinha, e o marido cada vez chegando mais tarde em casa. Ele saía com os amigos do trabalho, deixava-a sozinha nas tardes de sábado, quando ia jogar "uma bolinha", e ela nada. Sempre sorridente, sempre acreditando que aquela vidinha era tudo. Nunca a vi reclamar, gritar, chorar. Só quando ele fez o anúncio. Só quando ele me chamou e a Cássia e disse: *Olha, o pai ama muito vocês. Mas ele e a mãe estão se separando.*

Foi bem assim. Eu e a Cássia estávamos no quarto vendo um filme. Meu pai e minha mãe conversavam na sala. Baixo. Aí, ele nos chamou. Sentamos no sofá, nós em frente a eles. Meu pai deu um suspiro fundo e fez o anúncio. Minha mãe não disse nada.

Nada.

Então, eu perguntei: *E você não diz nada?* Ela me olhou com uns olhos vazios, assustados, olhar de quem não entende muito o que está acontecendo. Eu insisti: *Hein, mãe?*

Ela quase gritou: *Falar o quê?* Levantou-se e saiu da sala. Eu fiquei ouvindo-a em seus afazeres de janta. Acho que, no fundo, no fundo, julgou que meu pai não teria coragem de nos abandonar.

Mas ele teve.

# 1. DO DIÁRIO DE TADEU

Nossa, cara. Tá louco. Escrever um diário. Nunca pensei nisso. E agora? Escrever o quê? Sei lá. Acho que prefiro falar mais e escrever menos. E a sora ainda disse que ele, o diário, tem que ter um nome. Que a gente vai falando com ele e contando o que acontece com a gente. Pode? Tá, ela disse que a intenção é a gente poder escrever todos os dias, nem que seja uma linha. Mas por que um diário?

Bah, não sei se consigo.

Escrever todos os dias? Sei não.

Na real, ela deve tá é querendo bisbilhotar a vida da gente. E o pior é que a minha mãe é amiga dela. Imagina se escrevo umas coisas pesadas e ela conta pra minha mãe? Tô frito. Também, fui arrumar uma professora amiga da minha mãe. Pode? Mas, nesta cidade, tem alguém que não se conheça? Ter até tem. Não conhecer de não se falar, mas de não conhecer de verdade não tem não. Na aula até tem umas gurias e uns guris com quem eu nunca falei, mas sei quem são eles. Sei, sim.

Um diário. Pode?

O Cau disse que vai escrever um monte de bandalheira. Já pensou? Eu tô fora. Mas escrever o quê? *Querido diário, hoje acordei triste*, tá louco!

E se a gente se organizar, será que a sora não muda de ideia? Vou falar com o Cau, o Cícero e o Pedro Henrique. Na boa, a sora pirou.

Bah, essas primeiras ideias vou ter que deletar. Caso a sora não mude de opinião. O pior ainda é que tem que ser manuscrito. Não pode nem ser no computador. *Uma oportunidade de vocês treinarem a caligrafia*, falou ela com aquela voz de nariz trancado. Com toda a tecnologia à disposição da gente, ela voltando à época das cavernas. Pode?

Nesta cidade tudo pode.

Até exigir que se escreva um diário.

# 2.
# DO
# DIÁRIO
# DE
# LETÍCIA

Diário (este será seu nome: *Diário*), ontem, na aula, um grupo de guris pediu um tempo para a professora de português. Disseram que era um absurdo esta história de diário, que tinha muita gente que não era a fim, que pelo menos ela podia liberar para escrever no computador. Ela sorriu, lançou seu olhar sobre a sala e perguntou se mais alguém concordava com o quarteto. O quarteto era um grupo de guris que senta no fundão. Um deles, o Cau, é enorme. Deve ter uns dois metros de altura. Aparenta bem mais idade que o resto da turma e é todo metido. Tem o Pedro Henrique, irmão gêmeo da Isabel F., e mais dois que não me lembro do nome. Um deles adora tocar violão na hora do recreio. As gurias do sétimo ficam todas em volta. Umas abobadas. Todas.

Bom, acho que me perdi. A professora, após não receber nenhuma resposta de adesão, disse que a tarefa da escrita do diário seguiria. E que o máximo de concessão que faria era permitir, para quem quisesse, a escrita digitada. *Porém,* falou ela, *deverão imprimir e encadernar. Nada de enviar por e-mail.* Ah, e que não precisava escrever todos os dias.

Foi assim.

É assim.

Há coisas que ninguém tem o poder de mudar mesmo. Elas acontecem e pronto. Como seu pai sair de casa, por exemplo. Quem é que pode interferir numa decisão dessa? Eu bem que gostaria. E quero. Não posso aceitar assim no mais que uma outra mulher queira assumir o lugar que é da minha mãe. Ela é a esposa do meu pai. Só ela, mais ninguém.

No fim de semana, meu pai vem me buscar. Se fosse para a gente ficar junto, só nós três: eu, ele e a Cássia, ainda vá lá. O saco é que ele sempre traz aquela lambisgoia a tiracolo. Ela e seus cabelos escorridos. Bem negros, lindos. Ela e seu sorriso, querendo sempre adular a gente. Ela e suas palavrinhas meigas. A Cássia cai feito um patinho. Eu não. Nunca.

# 2. DO DIÁRIO DE TADEU

Tá, um a zero pra sora. Perdemos. Também, o pessoal da turma que fica pelos corredores e pelo recreio só reclamando da tarefa, chegou na hora, amarelou. Ficaram todos quietos, loucos de medo de que a sora soltasse o verbo. E ela se sentiu. Venceu.

Se bem que a vitória foi parcial. Pelo menos a gente pode digitar o tal do diário. E não vai precisar escrever todos os dias. Ela disse que, se escrever bastante num dia, pode compensar no outro. Menos mal. Só que eu vou escrever bastante, só de raiva, aí ela vai ter um montão de páginas pra ler. Azar dela. Ideia mais idiota.

Fim desta parte.

Fim deste caderno babaca.

Vou é pro computador. Quem sabe as ideias não venham com mais facilidade? Meu diário, a sora disse que você precisa ter um nome. Bom, como as coisas que eu mais gosto na vida são futebol e filme de terror, acho que vou batizar você de Ronaldinho. Que acha? Ou, quem sabe, Freddy, o d'*A Hora do pesadelo*, Freddy Krueger, psicopata dos bons. Curto muito estes filmes, são pirados demais: *O massacre da serra elétrica, A hora do espanto, O exorcista, A bruxa de Blair,* tudo coisa boa. Ah, e tem os tantos *Sexta-feira 13,* Jason é um bom nome, e o *Brinquedo assassino.*

Ah, já sei, seu nome vai ser Chuck. Homenagem você sabe bem pra quem, né? Então, tá feito. Chuck.

Pois é, Chuck, agradeça à "criatividade" da sora de português o fato de você existir, pois, se dependesse de mim, tadinho de você, ia morrer antes mesmo de nascer, mas já que tem que ser assim, vamos lá.

Deixa ver.

Olha, tô sem muita imaginação. Vou só escrever o que fiz hoje. Foi assim: acordei cedo. A mãe teve que me sacudir duas vezes. Tomei banho, bem rápido, tomei café, tomei o ônibus. Bah, quanto tomei. A sora não gosta que a gente fique repetindo a mesma palavra nas redações, quer dizer, produções textuais. Azar dela. Isto aqui não é redação, é diário. Vou escrevendo como as ideias forem saindo, depois, se a sora pedir, eu melhoro. Computador é bom por causa disso. É bem fácil de arrumar tudo. Bom, aí fui pra aula. Tiveram dois períodos de matemática (um saco), um de educação física (seis a quatro, vencemos. Gremistas *versus* colorados. E o sor Carlos é bem legal. Ah, ele me escalou para a seleção do colégio. O papai aqui não é mole com uma bola nos pés), mais dois de geografia. Aí, voltei, almocei (tinha bife e batata frita), vi um pouco de tevê e agora tô te escrevendo. Ok?

Então, tá, Chuck. Valeu. Hoje finalmente é sexta-feira. Aquele dia em que a gente acorda e vai todo feliz pro colégio, ansioso pra que o último sinal soe logo. Aí, portas abertas pra diversão, pras festas, pro descanso, pro sono.

# 3.
## DO
## DIÁRIO
## DE
## LETÍCIA

Meu vô Augusto, pai do meu pai, disse certa vez que meu nome significa alegria.

Alegria, alegria, alegria: risos, felicidade, paz. Nada do que tenho ou sou hoje. Sou o contrário do meu nome. Sou tristeza. Meu pai ligou não faz muito. Queria apenas confirmar que horário podia nos pegar. Eu e a Cássia. Perguntei se eu precisava mesmo ir, se ele não podia subir e conversar comigo aqui em casa mesmo. *Prefiro não. Prefiro sair com você e com a sua irmã.*

— Só nós três? — eu perguntei, e ele, é claro, entendeu o que a minha pergunta significava. Então, falou:

— Nós três e a Vitória. Por quê? É problema para você?

*Não*, eu disse, *problema nenhum*. Problema nenhum. Mentira total. Mas o que eu podia dizer, se ele, que é meu pai, não é capaz de entender que não me agrada nem um pouco ver uma outra mulher ao lado dele, como se fosse a minha mãe. Podíamos estar os quatro bem felizes. Porém, Essazinha apareceu.

Apareceu e bagunçou toda a minha vida. Não tinha esse direito. Não tem. Eu não fui à casa dela mexer na vida dela, por que, então, ela vinha e fazia o meu pai abandonar a gente? Por quê? Às vezes tenho vontade de gritar tudo isso na cara dela. Mas calo. Sempre calo. Finjo que entendo tudo, que sou uma adolescente tranquila e pacífica. Entretanto, detesto Aquela Uma.

Odeio.

Desgraçada. Infeliz.

E choro. Choro muito quando estou sozinha no quarto. Tenho vontade até de bater na Cássia. Bater muito, até ela aprender que essa mulher é a responsável por nosso pai não morar mais aqui e parar de ficar de carinhos e brincadeiras com ela.

A culpa é dela.

Só dela.

Dela.

De mais ninguém.

Se meu pai não a tivesse conhecido, ele ainda seria só meu pai. Só.

# 3. DO DIÁRIO DE TADEU

Chuck,

Hoje à tarde encontrei o Cau e o Cícero. Eles disseram que tão preparando uma festa pra amanhã, na casa do Pedro Henrique. A desculpa é o níver do Pedro e da irmã dele. Eles são gêmeos, mas tridiferentes: a Bel é morena e ele, ruivo; ele, alto e ela, meio baixinha. Nem parecem irmãos, que dirá gêmeos.

Bah, faz tempo que não rola um som por aqui. E eles me pediram pra ser o DJ. Bah, topei na hora. Vou misturar umas músicas de agora e umas do tempo do meu pai. Acho legal misturar tudo.

Vou convidar a Larissa. Ela não é da turma. Mas não dá nada. A Larissa é quase uma irmã pra mim. Somos amigos desde sempre. Nossas mães são triamigas, além de a gente ser vizinho.

A Larissa é muito bonita: alta, magra, cabelos crespos, meio amarelados, que caem pelos ombros. E uns olhos de parar o trânsito, como diz o meu pai ao falar dos olhos da minha mãe. Agora tão os dois, lá na sala, escutando uns boleros. Pode, Chuck? Pode. Ouvem, bebem um vinho e depois dançam. Fazem isso toda sexta-feira à noite. Quer dizer: toda a sexta que meu pai tá em casa. Ele viaja muito. Às vezes fica quase um mês fora. Mas, quando ele chega, eles não abrem mão do bolero. Quer dizer, não sei se é bolero mesmo, uma dança juntinha, rosto coladinho, hehehehe. Dizem ser o ritual do amor.

Será que um dia vou amar alguém assim?

A Lari? Quem sabe? Esses dias ela falou umas coisas que me deixaram meio desconfiado. Falou que a gente era amigo há muito tempo, falou que às vezes amizade pode virar amor, falou que eu tenho um sorriso superbonito.

— Ah, que nada — eu falei. — Vou até botar aparelho semana que vem.

E, aí, mostrei que meus dentes de baixo eram meio tortos. É, fiz isso mesmo. Pode, Chuck, pode? É que fiquei nervoso, sei lá. Nunca uma garota tinha falado isso do meu sorriso. Tá, sei que não sou o abominável homem das neves, sei que não sou um monstro, feito o Freddy Krueger, tenho lá minhas qualidades. Mas nunca uma menina me disse assim, na cara, sem papas na língua, que eu sou bonito. Tá, Chuck, sei, sei, ela disse que meu sorriso é bonito. Mas dizer que o sorriso é bonito e dizer que a pessoa é bonita não é a mesma coisa? Claro que pode ser. A sora, dia desses, dando aula de figuras de linguagem, até explicou como se chama isso. A tal da parte pelo todo. Não lembro o nome agora. Mas é mais ou menos assim: você quer dizer algo e diz outro algo, quer falar do todo e fala só de uma partezinha. Entendeu? Ela até leu um poema que falava mais ou menos assim: *A parte sem o todo não é parte, o todo sem a parte não é todo.* Algo assim, de um tal de Boca do Inferno.

Achei esse poeta tudo a ver. Ele tem uns poeminhas bem maneiros. Até palavrão ele escreve, sabia? Pois é, meu caro Chuck. E vai a gente escrever um poeminha cheio de palavrões, aposto que no outro dia a gente só entra no colégio acompanhado pelos pais.

Tá, mas essa história da parte pelo todo foi o que a Larissa fez. Não foi? Eu acho que foi.

Por isso, de vez em quando paro de escrever e fico pensando nela. Ah, Larissinha...

Só nela.

Alguém tá me chamando lá fora. Acho que é o Cau. Tiau, Chuck, depois eu continuo. Ah, essa história da Larissa é segredo só nosso, hein? Hehehehehe.

# 4.
# DO
# DIÁRIO
# DE
# LETÍCIA

O fim de semana foi horrível.

Horrível. Horrível. Horrível. Três vezes horrível. Infinitas vezes horrível.

Meu pai, todo bobo, sempre pendurado no pescoço da Vitória, e ainda querendo que eu fique feliz. Droga. Ficava olhando os dois abraçadinhos, a Cássia de mãos dadas com ela, e sentia uma tristeza enorme. Vontade de me enfiar num canto qualquer. Desaparecer para sempre.

Mas, se desapareço, ele vai perceber? Acho que não. Ele agora só pensa na Vitória, só na Vitória. É Vitória para cá, Vitória para lá.

Quando cheguei em casa, a mãe perguntou:

— E aí, como foi o fim de semana, filha?

Que pergunta nada a ver. Ora, como foi o fim de semana? Ela é minha mãe. Devia saber como me sinto cada vez que tenho que conviver com Aquela.

— Mais ou menos — respondi, e fui indo para o meu quarto. Porém, minha mãe veio atrás. Eu sabia o que ela queria saber. Queria que eu contasse tudo, tim-tim por tim-tim, como fala minha Vó, a mãe da minha mãe. Queria que eu falasse como era o pai com a Outra. E, se não perguntava para a Cássia, é porque ela não fala nada. Se faz de muda a abobada. Ah, que ódio. E acaba sempre sobrando para mim, sempre para mim.

— Por que mais ou menos? O seu pai não deu atenção a vocês, foi? — ela ficou insistindo. Parada de braços cruzados na porta do meu quarto. Será que não entendia que eu queria apenas ficar sozinha, e chorar, e chorar, e chorar? Por que ela não me deixava em paz para que eu pudesse odiar Aquelazinha? Cada volta para casa é a certeza de que a distância entre meus pais está cada vez maior.

— Deu atenção, sim, mãe. Deu.

— E por que você está com essa cara de quem comeu e não gostou?

Fui tirando a roupa. Quem sabe, se me escondesse no banho, podia fugir das perguntas.

— Esta é a única cara que tenho, mãe.

— Não, não. Alguma coisa aconteceu e eu quero saber. O que Aquela Uma aprontou? Pode dizer. Eu ligo para o seu pai e conto tudo. Me diga, Letícia, anda!

— Não aconteceu nada, mãe.

— Como nada? Você entrou e nem cumprimentou a sua avó. Passou direto para a cozinha. Eu não nasci ontem, Letícia.

Então, Diário, eu disse a ela que às vezes parecia ter nascido, sim. Disse que, se ela fosse um pouquinho mais sensível, saberia o que estava ocorrendo comigo. Aí, peguei meu pijama e fui para o banho. Atrás de mim ainda ouvi a última pergunta, a qual não respondi: *Você falou para ele que o dinheiro está curto? Falou?*

# 4.
## DO
## DIÁRIO
## DE
## TADEU

Bah, Chuck, nem te conto.

A festa na casa do Pedro Henrique tava demais. Foram umas gurias do terceiro ano, e o Cau ficou com uma delas: a Marina. Linda, loira, olhos escuros, bem grandes. Uma deusa. O Cau tá podendo. Eu, o Pedro Henrique e o Cícero ficamos cheios de dor de cotovelo. Quer dizer, eu menos que os dois, e sabe por quê?

Chuck, Chuck, nem te conto. Ah, conto, sim. Fiquei com a Larissa. Quer dizer. Ficar, ficar não fiquei. Mas a gente tava dançando. Eu preparei uma seleção só com músicas românticas, bem lentinhas, aí, tirei ela pra dançar. A gente tava ali, na boa, meu coração a mil, sentindo que o dela também tava meio descompassado. Então, apertei um pouco o meu corpo contra o dela e ela não resistiu, bom, aí, eu acariciei os cabelos dela, e ela deixou. Aí, eu falei bem no ouvido dela se ela achava o meu sorriso bonito mesmo. Ela disse que sim, e afastou o rosto, e ficou me olhando bem dentro dos olhos. Bah, aí, eu avancei, ia beijar ela, ia, sim, queria muito. Mas, aí, ela baixou o rosto e falou, meio tímida, que era melhor não, que a gente era amigo etc. e tal.

Saco.

Mas, no final da festa, ficamos de conversar hoje. Vou passar na casa dela mais tarde. Final da tarde.

Será que vai rolar? Eu tô bem a fim. Acho que me apaixonei pela minha melhor amiga.

Larissa, Larissa, Larissa, a garota mais linda do colégio, da cidade, do Brasil, do mundo.

Hoje de manhã o Pedro Henrique ligou, queria saber se tinha rolado mais alguma coisa. Eu contei a verdade, não sou deste tipo de cara que, só pra se gabar, fica inventando histórias com as gurias e acabam elas ficando malfaladas. Aí, ele contou que ficou espiando o Cau e a Marina no jardim e que eles tavam a mil.

— A mil, como? — Eu perguntei, meio sabendo o que era este a mil de que o Pedro Henrique falava.

— Ah, você sabe. A mil — e, aí, ele deu uma risada. E falou: — Bah, o Cau é fogo.

Eu concordei. É fogo, sim.

Queria eu ser como o Cau.

As gurias todas sempre caíam na dele. Era só ele querer. E essa Marina era até mais velha uns três anos. Devia já ter dezoito. Maior de idade. E o Cau lá no maior amasso com ela.

Bah, o Cau é fogo mesmo.

# 5.
# *DO*
# *DIÁRIO*
# *DE*
# *LETÍCIA*

Prefiro muito mais as segundas-feiras. Prefiro dias de semana, pois tem aula e só falo com meu pai por telefone. Aí, não preciso ver Aquela Uma, como diz a minha mãe, e tampouco responder às perguntas: *Como ela é? Eles namoram muito? Ele dá presentes para ela?* Mesmo sabendo que minha mãe e meu pai estão separados e que não preciso contar a ela tudo o que acontece nos fins de semana, conto. Conto em detalhes. Às vezes até invento uma ou outra coisinha, só para deixá-la mais irritada ainda. Sei que, se ela se irritar, vai encher o saco do meu pai e, assim, quem sabe, ele não se irrita com a Vitória e o namoro deles desande, feito aquelas maioneses que a Vó teima em fazer em casa. Sempre desanda. Sempre fica com aquele jeito aguado, com aquele forte gosto de ovo. Bom, pelo menos saindo com o pai nos fins de semana, não preciso comer a salada da Vó.

Tudo tem sempre um lado positivo. É só a gente querer descobrir. Quem disse isso foi minha outra avó, a mãe do meu pai, vó Betina. Ela, é lógico, deve mesmo estar vendo alguma coisa positiva na separação dos meus pais, senão, não diria tamanha bobagem, senão, não receberia a Outra cheia de sorrisos e com chá e bolo feitos por ela mesma.

Detesto estes encontros familiares.

Neles, fica claro que estou dividida em dois pedaços. De um lado, a minha mãe e a família dela; do outro, meu pai e a família dele. Cada lado só pensando em si.

E eu? Alguém pensa em mim, Diário? Me diga! Pensa?

Eu, além da maionese desandada, não vejo nada positivo. Afinal, qual filho quer ver seus pais separados? Mesmo que eles briguem, mesmo que não haja mais amor, mesmo assim. A minha mãe se faz de durona, mas sei que ela sofre. Sofre por ficar sem o marido. Sofre por ficar sozinha. Sofre pela Vó ficar enchendo a cabeça dela.

Eu sofro também.

Mas meus motivos são outros.

Diário, meu refúgio tem sido a cama. Gosto de ficar trancada aqui no meu quarto. E aquilo que eu pensava que ia ser horrível, escrever em você, tem sido minha melhor companhia. Às vezes tenho dúvidas se vou entregá-lo para a professora. Tenho escrito coisas tão minhas. Não sei se gostaria de partilhar com alguém estranho. Tá, eu sei, ela é minha professora, ela pediu que eu escrevesse você, mas ela não é uma amiga. Amiga daquelas, como a Isabel F., que a gente pode partilhar tudo, sem medo de que ela dê com a língua nos dentes. Acho que vou escrever um diário falso. Todo mentiroso. Só com amenidades, com coisas de menina sonhadora, que acredita na vida, no amor, na alegria. Uma Letícia de faz de conta. Como todo mundo gostaria que eu fosse: meu pai, minha mãe, minha Vó, a vó Betina, a tal da Vitória. E mais um tantão de gente.

Cada um deles achando que sabe tudo; que nós, os tais adolescentes, somos pessoas inconsequentes, que só pensamos em nós mesmos e nos nossos próprios umbigos, que não damos a mínima para nada. Isso é o que eles veem, não necessariamente o que somos. Até pode haver adolescentes assim. Adolescentes que levam a vida na boa, só festas e namoros. Adolescentes que nem ligam se seus pais estão juntos ou não. Alguns até preferem os pais separados. Pelo menos é o que dizem. Eu não.

Quero meu pai em casa. Ao meu lado. Me fazendo carinho. Não quero ter de esperar o fim de semana chegar e ainda ter que encontrá-lo sempre ao lado Daquela Outra. A Vitória e seu sorriso falso. Só pode ser falso aquele sorrisinho. Só pode.

O Cau tem os pais separados e não tá nem aí. Porém, o Cau é diferente em tudo. Já rodou, fica num monte de recuperações, fuma escondido e, ainda agora, estão dizendo, está namorando a Marina, uma guria do terceiro ano. Ela até maior de idade é. Não sei o que ela viu no Cau.

28

Não sei. A Isabel F. diz que ele é lindo, se derrama toda quando ele vai à casa dela assistir aos jogos do Grêmio com o Pedro Henrique. Não sei o que a minha amiga vê naquele compridão. Não sei.

Também não sei o que o meu pai viu na Vitória. Não sei.

Ela é carinhosa com ele de um jeito que eu nunca vi a mãe ser. Nunca. Ah, cada pessoa tem lá o seu jeito. Pelo menos, eu acho. Será que foi isso que atraiu o meu pai?

# 5. DO DIÁRIO DE TADEU

Chuck, Chuck, meu amigo Chuck, fui à casa da Lari. A gente conversou um tempão. Falamos de tudo. Eu, com a história da festa trancada na garganta e sem coragem nenhuma de falar. Pode, Chuck, pode? O que eu faço, meu velho? Às vezes parecia que ela ia dizer alguma coisa, mas nada. Acho que a Lari é aquele tipo de garota que espera o cara tomar a atitude, sabe? Pois é, e eu todo cheio de medo. E se tiver entendendo tudo errado? E se a Larissa só quiser amizade? Como sempre foi.

Tá, Chuck, mas e por que ela falou aquilo do meu sorriso? E por que deixou eu apertá-la um pouco quando a gente tava dançando? Bah, tem coisas que eu ainda não sei direito como fazer. Mas queria. Tenho vontade de pedir umas dicas pro Cau. Ele sabe chegar nas garotas. Tá até com a Marina, e ela tem 18. Será que o Cau me ensina como fazer com a Lari, Chuck? O que você acha, meu? Fala!

Bah, tô pirando. Enquanto o pessoal tá lá no clube, batendo uma bola, tô eu aqui falando com o meu diário. Se a turma descobre, vai cair na minha cabeça. Como será que tão os diários do pessoal? O Cícero disse que tá escrevendo um pouco cada dia, que às vezes até inventa umas histórias pro seu diário ficar mais emocionante. O Cau diz pra gente aguardar que o diário dele vai dar o que falar no colégio. *Bah, se eu digo o nome do meu diário procês* (ele adora falar assim: procês), *vocês já vão ter uma ideia do que eu tô escrevendo.*

— Qual é o nome do seu diário? — perguntou o Pedro Henrique.

O Cau riu, se atirou no sofá (a gente tava na casa do Cícero, comendo umas pipocas e vendo o Gre-Nal) e disse pra gente dizer os nomes dos diários da gente primeiro. Se ele achasse legal, diria o nome do dele. Aí, a gente foi falando:

Eu: — Chuck.

O Pedro: — Harry Potter (ele é fã do bruxo).

O Cícero: — Zico (ele é tarado por futebol).

Aí, ficamos esperando. Todo mundo olhando pro Cau. E ele nada. Se levantou de um salto e foi saindo.

— Fala, Cau — eu pedi.

— Falo não. Agora, não. Outra hora.

E saiu. Deixou a gente a ver navios.

Que nome será que o Cau deu pro diário dele? Bah, se curiosidade matasse, eu e meus amigos tínhamos caídos mortinhos da silva.

Acho que o Cau não vai me ajudar, não. E, depois, pode até espalhar por aí que eu tô a fim da Larissa. E vai que ela não quer nada comigo mesmo.

Hoje, na aula de educação física, o sor Carlos contou um monte sobre a vida dele. Ele é um cara bem legal, batalhador. Deve ter uns 30 anos. As gurias o acham lindo. Ficam suspirando enquanto ele dá aula pra gente. Mas ele é casado. Tem um filho bebê. Nasceu ano passado. A gente conversou bastante e depois trocou e-mail. Acho que vou adicionar o sor no Skype.

É isso. Vou, sim.

Quem sabe a Lari não tá conectada. Vou ver.

Tiau, Chuck.

# 6.
## DO DIÁRIO DE LETÍCIA

Tá tudo difícil.

Bem difícil.

Muito difícil.

E não estou falando de matemática, não, Diário. Antes fosse. Nunca entendi muito os números. Agora entendo menos ainda. Nós, aqui em casa, éramos em quatro: o pai, a mãe, eu e a Cássia. No entanto, em algum momento, essa soma virou subtração. E, como diz a sora de matemática, em números tudo é exato, não há erro. Se um foi subtraído, ficamos virados em três. Só que esses três, na verdade, não somam mais três. Fica cada um no seu canto, fingindo a semana inteira, fazendo de conta que o pai, no sábado, chegará de uma de suas tantas viagens de negócios. Mas ele não chega. Aí, a falta se faz. Aí, a minha mãe resolve descontar em mim. Fica implicando com o meu cabelo, com as minhas roupas, com as minhas amigas. E olha que eu nem tenho muitas amigas e as que tenho nem vêm muito aqui em casa. Se vêm, ficamos aqui, trancadas no quarto, conversando besteiras. Só para a Isabel F. eu falo o que me vem pela cabeça. A vontade que tenho é de sumir, desaparecer, pedir demissão do mundo, como costuma dizer o vô Augusto, pai do meu pai. Ele é bem divertido. Às vezes sinto saudade. Nós temos nos visto pouco depois da separação.

Pedir demissão do mundo. Seria solução?

O pai, no último fim de semana, veio com uma história meio comprida de psicólogo. Não sou a fim. Não quero. Pra quê? Pra ele poder ficar descansado e ir curtir o seu amor numa boa?

Não. Nada disso.

Não preciso de psicólogo nenhum.

Sou bem grandinha para poder lidar com toda esta bagunça que ele fez na minha vida. Ele e a tal da Vitória. Se ela não tivesse aparecido. Ela e seu sorrisinho de menina boa.

Minha Vó disse esses dias que, se a Vitória sabia que o meu pai era casado, não devia ter se aproximado dele. Eu penso como a Vó. Não podia.

Não podia, não.

Um monte de exercícios de matemática me esperam sobre a escrivaninha. A Cássia está chorando porque não quer tomar banho. A mãe está estressada, está dando uns gritos com ela. Chamando-a de relaxada. *Paciência tem limite! Cássia. Tem limite.* Grita ela.

Paciência tem limite.

Olho para os exercícios e não tenho nenhuma vontade de fazer. Vou ligar para a Isabel F. Quem sabe ela não vem aqui e a gente faz junto.

É isso, Diário. Você me deu uma boa ideia. Até logo.

# 6. DO DIÁRIO DE TADEU

Chuck, velho Chuck. O meu time perdeu. Tomou dois a zero do Grêmio. E o Grêmio jogou com os reservas. É o fundo do poço, Chuck. O fundo do poço. Agora, só falta a Larissa vir me dizer que não virá aqui em casa hoje à tarde.

É, Chuck, eu criei coragem e liguei pra ela. Minha mãe vai sair. O pai viajou e só volta daqui a 15 dias. Viagem de negócios, sabe como é. Então? Liberdade total. Ajeitei a sala, deixei uma música bem romântica preparada. Quando ela chegar, é só apertar o botão e o clima vai ficar propício prum beijo.

Sou ou não sou esperto? Desta vez, a Lari não me escapa. Bah, Chuck, aqueles lábios dela tão pedindo um beijo. E eu quero. Já decidi. Azar se a amizade acabar. Tudo vale a pena, se eu conseguir beijar a Larissa. Aquela boca. Bah, tô a mil.

Ela vai vir, eu sei que vai. Vai vir, sim.

Dei a desculpa de que não tô entendendo matemática. A sora deu um montão de exercícios. Beleza. Na hora armei o plano. Só o Pedro Henrique é que sabe. Conversamos hoje pelo Skype, eu, ele e o sor Carlos. O sor é superlegal, nunca pensei que um dia podia ser amigo de um professor, de um cara mais velho. Gente do bem, o sor.

Bah, Chuck, quem sabe ele não me dá uns toques de como eu devo fazer com a Lari? Ele deve saber, deve ser bem experiente, deve ter tido um monte de namoradas. Vou ver se ele tá conectado.

Ah, já te falei que semana que vem vou pôr aparelho nos dentes? Se já falei, falo de novo, afinal, você tá aqui pra aceitar tudo o que eu quiser escrever. Né? Deixa eu ver se o sor tá *online*.

# 7.

# *DO*
# *DIÁRIO*
# *DE*
# *LETÍCIA*

Acabei mesmo ligando para a Isabel F. Ela veio. Nos trancamos aqui no quarto, a mãe não queria, mas a Cássia encheu tanto o nosso saco, que ela acabou concordando. *Mas não chaveiem a porta,* disse. E, quando viu a minha cara incrédula, foi logo acrescentando que iria preparar um lanche para nós. *Aí, levo lá no quarto para vocês.* A minha mãe é bem assim. Gosta de bisbilhotar tudo. Só não bisbilhotou direito o pai, pois, se tivesse, acho que ele não teria se envolvido com a Vitória.

Às vezes fico me perguntando de quem é a culpa de o casamento deles ter acabado. A mãe põe a culpa nele; o pai fica dizendo que o amor acabou, e eu até, de vez em quando, acho que a culpa foi minha. Se eu e a Cássia não brigássemos tanto, será que nossos pais teriam se separado? Fico procurando culpa em mim, mas o pai diz que ninguém teve culpa, que as coisas, assim como começam, terminam. Disse que se separou da mãe, mas não de mim e da minha irmã.

Falar é fácil. Na verdade, ele se separou da gente, sim, senão, teria continuado a morar conosco. Mas não. Foi morar sozinho e, tenho certeza, daqui a pouco, muito pouco, vai anunciar que morará com a Vitória.

Tenho certeza.

Não me engano mais.

A Isabel F. tenta me ajudar. Não apenas com os exercícios de matemática. Conta que seus pais se separaram duas vezes, ficaram alguns meses afastados, mas voltaram, e hoje são mais apaixonados ainda.

— É sério, Letícia — ela me disse. — Hoje eles saem, vão ao cinema uma vez por semana e tão sempre de beijinho para lá e para cá. Um sarro.

E é bem assim mesmo. Os pais dela são supercarinhosos um com o outro. É que se amam.

— Os meus pais não se amam mais, Isabel F. Não tem volta. Eu sei.

Não tem volta.

Não tem.

Nunca mais.

E a minha mãe acho que já se deu conta disso. Fica chorando pelos cantos, fica se fingindo de forte, fica criticando o pai o tempo todo. Deve ser o jeito que ela encontrou para tentar sobreviver ao abandono.

Não deve ser fácil ser abandonado. Por mais que a gente desconfie que isso seja possível. Não deve ser fácil. Por vezes tenho vontade de conversar com ela sobre a separação, saber o que ela está sentindo, saber sobre sua dor, trocar sofrimentos, esperanças, porém ensaio, ensaio, ensaio. Só que, na hora, ela acaba me olhando e falando alguma crítica e eu esqueço tudo, e eu vejo que há um muro enorme entre a gente, e eu descubro que o meu pai está muito mais aberto à minha dor do que ela.

Então, eu me tranco em mim mesma e choro mais ainda.

Choro.

A Isabel F. ficou me ouvindo, me ouvindo. Ela é amiga de verdade. Disse que a festa da escolha da Garota do Colégio será daqui a algumas semanas, no final do trimestre. *E nós vamos*, falou ela. Disse que chega, que o período de luto passou. Afinal, eu não quis ir à festa do níver dela e do Pedro Henrique. Aquela em que o Cau ficou namorando a Marina.

Concordei com ela. Fingi concordar. Não ando com a cabeça boa para festas.

Não ando.

# 7. DO DIÁRIO DE TADEU

Bah, o sor Carlos é legal mesmo. A gente conversou um monte no Skype. Eu até falei sobre a Larissa. Contei tudo pra ele, e sabe o que ele falou, Chuck? Disse que a Lari deve estar a fim de mim, sim, senão não ficava falando do meu sorriso e tal. Disse que, se ela só quisesse amizade, não precisava ficar se lançando, afinal, a gente é amigo faz um tempão. E é isso mesmo, o sor tem razão. Eu e a Lari somos amigos desde que viemos morar aqui, faz uns dez anos. Amizade de infância, daquelas de brincar juntos desde pequeninos. Então, se já somos amigos, a Larissa só pode mesmo tá querendo... ah, Chuck, você sabe.

Vai ser hoje, vai ser hoje. Daqui a pouco. Hehehehehe.

O sor disse que eu tenho que olhar a Larissa bem dentro dos olhos (os olhos dela são verdes como os meus, quer dizer, um pouco mais puxados pro azul, são lindos, bem grandes e uns cílios enormes), pegar nas mãos dela, chegar bem pertinho e, aí, dizer assim, de uma vez só, que eu quero beijá-la na boca. Beijo que não é de amigo, beijo de algo mais.

Bah, Chuck, tô a mil. É hoje, é hoje.

Acho que o sor tem razão. Não dá pra ficar ensebando, tem que pegar firme, falar manso, mas direto. Ah, ele disse pra depois de falar olhar pros lábios dela e puxá-la forte. Aí, é só tascar o beijo. O beijo do século.

Ela vai amar beijar o gostosão aqui. Hehehehehe. E você, Chuck, vai morrer de inveja. Vou te deixar bem aqui na tela do computador, aberto, aí, você vai poder assistir ao seu amigo Tadeu em ação.

Larissa, Larissa, Larissa, amor da minha vida.

É hoje. É hoje.

# 8.

## DO
## DIÁRIO
## DE
## LETÍCIA

Lá fora tem um sol bem bonito. Daqui a pouco a Isabel F. e a Juliana vêm aqui pra gente dar uma saída. Vamos dar uma caminhada no parque. A Isabel F. ligou, insistiu, eu inventei uma série de desculpas, mas nenhuma colou. Assim.

Acho que, como diz a Isabel F., até vai ser legal sair um pouco. Nestes últimos dias, ando só de casa para o colégio, do colégio para casa, sem vontade nenhuma de mais nada. Antes da separação, eu costumava ir à escola à tarde, me reunia com as gurias para fazer algum trabalho ou só para jogar conversa fora. Era bem legal também ficar vendo os guris, quase rapazes, na verdade, do ensino médio treinando vôlei. A Juliana, sempre babando pelo Rogério:

— Ai, gurias, olha lá. Ele é um deus. Um deus — repetia ela, os braços apoiados nas pernas e o queixo, nas mãos. A Isabel F. só ria. Para ela, homem bonito é o Cau. Pobre amiga, o Cau é daqueles guris metidos, jura que é bonito, fica se achando e só tem olhos para as meninas maiores. Jamais vai deixar de olhar para a minha apaixonada amiga como a irmã do seu amigo. Para ele, eu acho, a Isabel é apenas a irmã do Pedro Henrique, mais nada.

E ela? Bom, ela segue amando o Cau à distância. Disse que assim também é bom. *Às vezes ele vai lá em casa e o Pedro Henrique e os amigos dele ficam tomando banho de piscina. É uma algazarra tremenda. O Pedro não deixa eu descer, diz que tem muito homem e eu não devo me misturar, mas, aí, eu fico espiando pela janela do meu quarto. O Cau todo bronzeado, só de sunga (ele é o único que usa sunga, os guris ficam todos de calção), atirado no sol, coisa mais linda.* Ah, quando eu ouço a Isabel F. falando assim do Cau, me dá uma peninha. Como pode ela ficar só amando de longe? Eu não quero coisa assim para mim, não. Afinal, de que adianta amar e não poder ter o ser amado por perto, ao alcance das mãos?

Que raiva! Pensei agora no pai e na Vitória. Se eles se amam, segundo o que escrevi aí em cima, querem ficar juntos. E ficam.

Ah, mas é diferente. A Isabel F., minha amiga, é jovem, solteira e desimpedida. Não saiu atrás de nenhum homem casado como a talzinha da Vitória. Minha Vó sempre diz que uma mulher tem que saber respeitar o casamento seu e o das outras. E, se for solteira, pior ainda. Eu sempre ficava ouvindo a minha Vó falar e achava aquilo tudo muito estranho. Afinal, será que a gente escolhe por quem se apaixonar? Acho que não. Quando o sentimento vem, ninguém fica pensando se deve ou não deve amar. Acontece e pronto. Tá, mas se a outra pessoa é comprometida? Aí, tudo muda. Aí, tem que pensar, sim. Aí, tem que se afastar.

É diferente.

É diferente, sim.

Muito diferente.

O que a Vitória fez não tem perdão.

Não tem.

Não pode ter.

Bom, melhor mesmo é sair para a rua, respirar um pouco de ar puro e pegar um sol. Minhas amigas daqui a pouco vão gritar lá embaixo, aí, eu vou descer correndo, feliz, sorriso nos lábios, esquecendo que tenho uma dor apertada dentro do peito. Dor forte, dor de arrebentar feito bomba prestes a explodir.

Dor.

O telefone está tocando. É meu pai. Não vou atender.

# 8. DO DIÁRIO DE TADEU

Uau, Chuck. Ainda tô nas nuvens. Fiz direitinho o que o sor Carlos falou. Quando a Lari gritou lá na frente me chamando, botei aquela musiquinha e abri a porta com um baita sorriso nos lábios. Ela sorriu também, foi entrando e perguntando pela minha mãe, aí, eu menti que ela tinha ido à vizinha e que já tava voltando. A Lari acreditou e entrou. Então, a gente sentou no sofá, eu peguei meu caderno de matemática, sentei bem perto dela e fui inventando umas dificuldades. Enquanto ela explicava, eu só ficava olhando para aquele rostinho lindo, louco de vontade de fazer uma carícia, mas e a coragem? Ela, ali, bem pertinho, falando e falando sobre os exercícios. De repente, parou e perguntou se eu tava entendendo. Aí, eu fiquei parado, meio bobo. E ela disse, mais ou menos, assim:

— Que houve, Tadeu?

E eu disse:

— Bah, desculpa, tava distraído.

— Mas tem que prestar atenção, senão, não adianta nada eu ficar aqui explicando.

Então, eu me lembrei da conversa com o sor Carlos, a tal história de ter atitude, e disse, olhando bem olhado nos olhos dela:

— Adianta, sim.

Ela riu, fez cara de quem não tava entendendo nada, então, eu fui vomitando tudo aquilo que tava trancado e que eu tinha ensaiado enquanto esperava por ela. Falei assim:

— Olha, Lari, eu quero dizer que você é muito linda e que eu quero ser muito mais que apenas seu amigo.

Ela, eu acho, se assustou um pouco, mas ficou em silêncio. Aí, eu peguei a mão dela, aproximei mais meu corpo no dela, deixei o caderno cair no chão e, quando ela fez um gesto pra juntar, eu a puxei pra mim, e a gente ficou cara a cara, até dava pra sentir o calor da respiração dela. Eu falei assim:

— Você tem uma boca linda.

Me aproximei mais um pouco e beijei.

Beijei a Lari, Chuck.

Você tá entendendo o que tô dizendo? Eu beijei a Lari. Beijei. Na boca. E foi dez.

Depois ela se afastou um pouco e disse: *Tadeu, eu...* e eu falei: *Não fala nada, vamos só curtir o momento.* Bah, nem sei de onde tirei essa frase, mas que falei, falei. Aí, aproximei meu rosto de novo e ela fechou os olhos.

Bah, Chuck, a gente se beijou muito, muito mesmo, e foi bom demais. Tô amando, Chuck! Tô amando a Lari. Ela é a garota mais linda do mundo. E eu a amo muito.

Depois que ela saiu, eu ri sozinho, só ficava me lembrando dos nossos beijos. Me atirei na cama e fiquei olhando pro teto, feliz. Feliz demais. Depois corri pra janela. Fiquei espiando a casa dela, louco pra vê-la de novo. Mas, aí, veio uma dúvida: será que eu e a Lari tamos namorando? Será que ela é minha namorada?

O que você acha, Chuck? Basta trocar uns beijos pra tá namorando? Eu tenho um monte de amigos e amigas que se beijam nas festas, mas não namoram, só ficam. Ah, mas eu quero namorar a Lari. Quero, sim. Tô apaixonado por ela. Ela é linda: os cabelos crespos, meio loiros, uma pele muito branca e aqueles olhos verdes, puxando pra azul, com uns cílios enormes.

Larissa. Minha namorada. Pode?

Bah, tô tão feliz que quero sair pra rua. Vou até o colégio. Acho que o Pedro Henrique tá por lá. Hoje é dia de treino de vôlei. Vou levar o violão. Vou jogar uma bola. Vou... sei lá.

Bah, que vontade de cantar aquela música que o pai sempre canta pra mãe. É uma bem antiga, do Roupa Nova: *Linda, só você me fascina.* Hehehehehehe.

# 9.

# DO
# DIÁRIO
# DE
# LETÍCIA

Passar a tarde no colégio foi bem legal. Eu e as gurias ficamos vendo o pessoal treinar vôlei e jogando conversa fora. A Juliana, cheia de olhares para o Rogério. O Cau apareceu lá com a Marina, a loira metida de 18 anos, e bastou a Isabel F. ver os dois juntinhos, de beijinho e carinhos, para ficar toda mal. Queria ir embora, mas eu e a Ju a convencemos de ficar. Não podia dar bandeira assim. Além do mais, o Cau nem imagina que a Isabel F. é louca por ele. Tem gosto para tudo. Fazer o quê?

Ah, legal foi que um carinha que senta lá no fundo da sala, amigo do Pedro Henrique, o Tadeu, chegou pelo meio da tarde. Tava todo feliz, cantarolando. Sentou junto da gente e começou a tocar violão. Ele toca superbem, embora às vezes escolha umas músicas antigas, que ninguém sabe cantar. Aí, fica só ele cantando. Tem uma voz grossa, mas bem afinada. A Marina, quando o Tadeu começou a tocar, veio para o lado da gente. *Oi,* foi dizendo e sentando, como se conhecesse a gente há anos e fosse nossa amiga. Eu respondi, mas a Isabel F. fingiu não ouvir, ficou olhando para o treino e dizendo qualquer coisa sobre o saque que o Rogério tinha dado. A Marina, acho, nem se deu conta. Foi puxando papo com o Tadeu e pedindo uma música do Jota Quest: *Fácil.*

— Música perfeita para ela — me cochichou a Isabel F. Eu ri. Entendi o que ela quis dizer. Essa minha amiga, quando pega no pé de alguém, sai de perto, pois não dá trégua. Aliás, detesta ser chamada de Bel. Um dia, apesar de não haver nenhuma outra Isabel na escola, inventou de ser chamada pelo sobrenome também: Isabel Fiorentin. Pode? No início, até tentei, depois fui abreviando. Prefiro chamá-la de Isabel F. É mais legal.

Quando o jogo acabou, as minhas amigas ficaram assustadas e, ao mesmo tempo, ansiosas. É que os jogadores vieram ao nosso encontro. Sentaram-se por ali mesmo: o Cau, na grama, bem em frente à Marina; o Rogério (adivinha, Diário!), ao lado da Juliana. A guria ficou branca. Parecia uma folha de papel. Pensei até que fosse desmaiar. O Pedro Henrique e o Cícero também ficaram por ali. Foi bem legal: o Tadeu puxava uma canção e todo mundo ia cantando junto. Coisa de coral. Às vezes um errava a letra e era uma risada só.

A tarde foi tão agradável que até esqueci um pouco meus problemas. Porém, bastou voltar para casa para o clima pesado desabar sobre a minha cabeça. A mãe estava triste, deve ter chorado a tarde inteira. Eu fiquei parada na frente dela, querendo dizer alguma coisa, mas não sabendo direito o quê. Ela estava mal, eu percebi. Deve ser muito difícil o que ela está vivendo. Entretanto, não é a primeira e nem será a última mulher abandonada pelo marido. Tem que ser forte. Assim como eu estou tentando ser.

Eu estou mesmo? Estou. Claro. E, embora saiba que a minha mãe deva dar a volta por cima, sei que ela ainda alimenta, assim como eu, a esperança de que o meu pai rompa com a Vitória e retorne para casa. Mas, se isso ocorrer mesmo, como será a nossa vida familiar? Será possível retomar a confiança? Minha mãe foi traída, sabe disso, e, mesmo assim, aposta na volta do meu pai. Não se dá conta de que ele está em outra. Não percebe que ele é feliz ao lado da Vitória. Isso tenho que reconhecer: meu pai é feliz, ri a toda hora. Tão diferente daquele homem triste que passava as tardes de sábado dormindo. Sempre cansado, sem nenhum tempo para brincar comigo e com a Cássia.

Agora, longe de casa, parece que eu tenho mais pai do que tinha antes.

Diário, que besteira acabei de dizer. Como posso ter mais pai agora, se ele fica de beijinhos com a Vitória? Só pensa nela. Parece até enfeitiçado. Não duvido nada: aquele cabelo preto escorrido que ela tem bem que parece cabelo de bruxa.

Olha só que legal, Diário, no rádio começou a tocar aquela música do Legião Urbana que o Tadeu cantou hoje à tarde: *Pais e filhos.* Me lembro do meu pai, mas a imagem do Tadeu cantando acaba sendo mais forte. Mais forte.

É, a tarde foi bem legal.

A turma combinou de se reunir sempre que houver treino. Acho que será bem legal. Tomara que o Tadeu leve o violão de novo.

# 9. DO DIÁRIO DE TADEU

Hoje:

Beijei a Lari. Uau!

Passei uma tarde muito dez com o pessoal no colégio. A namorada do Cau é muito legal, tem a voz superafinada. E curte as mesmas músicas que eu. Acho que ficamos amigos.

Beijei a Lari.

Surgiu a ideia de a gente, sempre que houver treino, se reunir pra tocar violão e cantar. O Pedro Henrique disse que na próxima vez vai levar o violão dele também. O Cícero tem um baixo. E o Cau treina bateria. A gente até falou em formar uma banda. Já pensou, Chuck? Seria bem legal.

Beijei a Lari.

Conversei com umas gurias da aula com quem nunca tinha falado antes, amigas da irmã do Pedro Henrique. Elas são tri: a Letícia e a Juliana. Bem bonitinhas, elas.

Bonitinhas. Mas nem se comparam com a Larissa.

Bah, às vezes nem acredito no que aconteceu hoje à tarde: EU BEIJEI A LARISSA! E tô apaixonado. APAIXONADO!

Preciso contar pro sor Carlos. Ele nem vai acreditar que os toques dele deram certo: eu beijei a Larissa. Beijei. E foi bom demais. Quando contei pro Pedro Henrique, ele nem acreditou. Ficou perguntando detalhes, queria saber tudo. Eu contei. E cada vez que contava, mais vontade me dava de ver a Lari de novo, de beijar aquela boca linda de lábios grossos.

Ao voltar pra casa, passei em frente da casa dela. A janela tava aberta, mas não vi a Larissa. Será que ela tava pensando em mim? E agora, tá pensando? Tomara que sim.

Vou dormir e sonhar com a minha linda namorada. Será que a Lari vai querer namorar comigo? Claro, senão, não tinha me beijado.

Amanhã:

Ir ao dentista botar aparelho. Hehehehe, dizem que elas preferem os homens de sorriso metálico. Será? Ah, mas isso não importa, agora eu tenho a Lari.

Ligar pra Larissa e dizer pra ela que eu tô apaixonado.

Beijar a Lari.

Amar a Larissa pra sempre, pra sempre. Ela é linda.

Tirar no violão aquela música do Roupa Nova: *Linda demais.* Aí, quando encontrar a Larissa, vou cantar pra ela.

Depois de amanhã:

Prova de português: crase.

Bah, Chuck, ninguém merece. Muito menos um jovem apaixonado.

# 10.
# DO
# DIÁRIO
# DE
# LETÍCIA

Ontem a professora de português inventou mais uma. Disse que nós temos que nos descrever. Diário, isso mesmo. Terei que me descrever aqui em você. Nem acredito! Às vezes fico me perguntando qual é a lógica do mundo adulto. Será possível que a única coisa que as tais pessoas maduras sabem fazer é pensar o que poderiam fazer para encher o saco dos adolescentes? Parece que estão sempre conspirando contra a gente. Claro que isso se aplica muito mais a pais e professores. Com certeza. Aliás, acho que não são só os adultos que se preocupam em atormentar a gente. As crianças também. Os irmãos menores, sobretudo. Afinal, se não fosse assim, a Cássia não estaria agora, neste exato momento, esmurrando a porta do meu quarto. Quer entrar, quer mexer nas minhas coisas. Não deixo. A mãe grita: *Letícia, deixa a sua irmã entrar! Ela só quer ficar um pouquinho aí com você.*

Me faço de surda. Sei bem o que essa delinquente infantil deseja. Ela invade meu espaço, fica pedindo para usar meus batons, calça meus sapatos, veste minhas roupas, usa meus perfumes. Pirralha!

*Letícia, abre a porta!* Minha mãe insiste.

*Não vou abrir*, grito, *manda ela encher o saco de outro! Agora estou estudando*. Minto. Não, não minto, afinal, escrever em você, meu diário "querido", é tarefa escolar, não? Pois então. Bom, mas como ia dizendo, a professora inventou mais uma. Ou melhor, mais duas. Mandou que a gente escrevesse uma descrição da gente mesma, e foi dizendo com aquela voz de bruxa resfriada que devem aparecer aspectos físicos e psicológicos. Que saco. Ah, e ainda devemos usar expressões que façam uso do acento indicativo de crase: a matéria de nossa próxima prova. Podemos usar também casos proibitivos ou facultativos.

Ai, ai, ai! Um dia ainda me irrito, amado Diário, e afogo você na privada. Mas, antes... vamos à descrição (opa, aqui já usei uma crase. Ponto para mim):

Bom, meu nome é Letícia Campos Tonello. Tenho 13 anos, cabelos claros, pelos ombros, meio ondulados. Olhos castanho-escuros. Magra. Sou filha de pais recém-separados e meu pai já tem outra namorada (Bah, isso acho que não interessa. Aliás, tem muita coisa que não interessa neste diário, e outras que a sora nem vai poder ler. Resultado:

terei que passar tudo a limpo antes de entregar. Imagina se ela lê os comentários que fiz acima sobre ela?). Tenho uma irmã de cinco anos que é uma chata, mas bem bonitinha. No fundo, lá no fundinho, até que gosto dela. O saco é quando ela fica mexendo nas minhas coisas, ou fica chorando, ou fica de amores com Aquela Tal. No resto, é bem bacana. Meu avô Augusto sempre diz, e eu concordo com ele, que é muito bom ter irmãos. Acho que é bom, sim. Meu pai não tem irmãos, nem minha mãe. Então, eles não têm com quem dividir suas dores, suas decisões, suas dúvidas. Acho que a Cássia ainda vai ser uma irmã bem legal. Por enquanto, vou dividindo com a Isabel F. tudo o que se passa comigo. Amigos também são pessoas boas para conversar.

Droga, reli tudo e não coloquei mais nada de crase. Deixa ver: sou obediente a minha mãe (caso facultativo), gosto muito de ter acesso a livros (caso proibitivo: antes de palavra masculina no plural) e à comida vegetariana (caso obrigatório). Pronto. Acho que a tarefa está concluída. Já falei de mim e já usei alguns casos de crase. Só não falei mesmo da dor que sinto pela falta do meu pai. Disso não falei. E hoje nem quero falar.

Ele não ligou de novo.

Quando voltei para casa, depois daquela tarde musical, havia três chamadas não atendidas. As três dele. Depois não ligou mais. Deve ter desistido. Ou, então, está nos braços da Vitória. E, nessas horas, nem lembra que tem filhas.

Decerto nem lembra.

Não lembra mesmo.

Não lembra.

A minha mãe sempre diz que ele não lembra de nós. Mas sei que é mentira. Ela fala que é fácil ser pai vivendo em casa separada. Diz sempre isso para ele, por telefone. Fica chorando as mágoas e aproveita para jogar um monte de culpas sobre ele. Fala que a gente (eu e a Cássia) anda chorosa, desrespeitosa, e que tudo deve ser culpa da separação. *E eu é que tenho que aguentar*, diz ela. *Ontem mesmo a professora da Cássia reclamou que ela anda agressiva e chorosa. Você sabia, Guigo, sabia?*

A minha mãe, mesmo separada, segue chamando meu pai pelo apelido. E o nome dele é tão bonito: Guilherme. Eu, pelo menos, gosto.

O que ele respondeu para ela eu não sei. Só sei que, ao desligar o telefone, ela não disse nada. Apenas foi para a cozinha, seu lugar preferido quando está triste ou furiosa.

# 10. DO DIÁRIO DE TADEU

Meu nome é Tadeu, tenho quase 14 anos, faço mês que vem. Sou claro, olhos claros, verdes, cabelos crespos. Atualmente tô usando comprido, mas, quando era pequeno, meu sonho era ter cabelos lisos, então, eu cortava bem curtinho, que era pra ver se ao nascer ele vinha escorrido. E, de preferência, preto. Sou magro, mas não muito, rosto comum e, como disse a Larissa, um sorriso bonito. Agora esse sorriso é metálico. Tô de aparelho. Sou um cara alegre, que adora ouvir música, adora ir a festas (tá, aqui encaixou um caso de proibição, né?), conversar com os amigos e tocar um violãozinho. Ah, e amo futebol. E sou colorado. Inter, Inter, Inter.

Meus melhores amigos são o Pedro Henrique, o Cícero e o Cau. A gente acha até que vai criar uma banda de rock juntos. Eu, vocal e violão; Pedro, violão ou guitarra; Cícero, baixo; e Cau, bateria. A banda não tem nome ainda, por enquanto é só sonho. Tomara que um dia vire realidade.

Sou filho único. Meus pais são bem apaixonados. E legais, embora por vezes me deem uns "puxões de orelha". Querem que eu estude, querem que eu seja alguém na vida. Esse alguém significa ter um trabalho legal, uma família legal, ser feliz. Eu acho que, tirando o trabalho (até dá pra substituir pelo estudo, não dá?), eu já tenho tudo isso. E mais ainda: meu violão. E meu timão. Se bem que, no último clássico, levamos a pior. Meu pai e minha mãe se gostam muito. Vivem de agrados e de beijinhos. Nunca os vi brigando. Acho até que brigam, mas nunca fizeram na minha frente. O pai diz que família unida é a melhor coisa do mundo. Ele perdeu os pais dele cedo. Só tem uma coisa que eu não gosto muito: queria ser mais amigo do meu pai. É que ele viaja muito, e, quando volta, sempre tá cheio de coisas pra fazer. Queria que ele fosse mais parceiro. O saco são suas viagens. Queria ter mais tempo pra trocar ideias com ele. Ah, mas quando ele voltar da viagem, vou contar pra ele que beijei a Larissa. Vou, sim.

Ele é legal, sei que é. Sei que se tivesse coragem e falasse pra ele ou pra mãe como me sinto, eles iam dar um jeito da gente se aproximar mais: eu e meu pai. Mas, sei lá, fico não querendo atrapalhar a história deles. Quando tão juntos, é bem legal de ver como se amam. Às vezes até penso umas bobagens, fico pensando que eles viveriam bem sem mim. Fico pensando que nem conto muito. Besteira. E, depois, tenho os meus amigos pra trocar ideias. Ah, e tem o sor Carlos também.

Bom, mas acabei me perdendo na minha descrição: sou um cara legal, meio bonito (pelo menos eu acho, hehehehe) e sei ser amigo dos meus parceiros. Curto futebol. Sobretudo o timão.

Ah, faltou dizer que sou um homem apaixonado. Meu amor é a Lari. Ela ainda não respondeu o bilhete que coloquei na caixa de correspondência dela dizendo que quero que ela seja minha namorada pro resto da vida. Sou assim, romântico, do tipo daquela música que às vezes meu pai canta pra mãe (ele adora cantar pra ela): *que ainda manda flores, aquele que no peito ainda abriga recordações de seus grandes amores.* É do tal do Roberto Carlos. Eles curtem. Dançam e tudo o mais.

Bah, Chuck, difícil de colocar crase. Acho que vou ter que escrever tudo de novo. Mas não agora. Tô com uma vontade enorme de escrever outro bilhete ou carta pra Lari. Quem sabe um poema ou uma letra de música. Bah, ia ser dez. Eu escrevo e depois o Pedro Henrique me ajuda a musicar. Já pensou?

Ando com saudade dos beijos dela. Depois daquela tarde aqui em casa, só rolou uma vez, no recreio, meio roubado pra ninguém ver. A Larissa é meio envergonhada. Bah, mas beijar a Larissa é muito bom. Amar uma guria linda como a Lari sempre é bom. A coisa mais legal do mundo.

A Larissa, linda Larissa, meu amor eterno.

# 11.
# DO
# DIÁRIO
# DE
# LETÍCIA

Minha vida anda meio sem graça.

Minha vida anda meio.

Meio, não. Total.

Ah, total também acho que não. Só uma parte.

Ando assim toda confusa, sem saber direito o que pensar sobre tudo o que tem acontecido comigo. Há momentos em que penso que tenho que ficar socada dentro de casa, chorando e lastimando que meu pai não mora mais aqui. Em outras horas, acho que a felicidade dele é que importa e que eu tenho mais é que seguir a minha vida.

Algumas vezes penso assim: meu pai me ama, independentemente de ter saído de casa. Porém, outras vezes fico pensando que, se ele realmente amasse a gente, teria tentado mais um pouquinho para ver se dava certo com a minha mãe. Ela, acho que até agora, mesmo ele estando com a Vitória, aceitaria uma volta. Mas o meu pai não quer. Não quer mesmo. E tudo por culpa Daquela Sem Graça.

Ontem falei com ele. Disse:

— Pai, por que você não acaba com este namoro e volta para casa?

Ele pegou na minha mão, me olhou bem dentro dos olhos e eu já fui me arrependendo da pergunta. Vi que o estava machucando. Mas, enfim, já tinha perguntado. Não dava para voltar. Até tentei. Falei:

— Esquece.

Mas ele não quis esquecer.

Disse que me diria mais uma vez e quantas fosse preciso até eu entender. Disse que não amava mais a minha mãe, disse que amava a Vitória, como nunca amou outra mulher. Aí falou que isso não tinha nada a ver com o que ele sentia por mim e pela Cássia. Nada.

Eu chorei. Chorei por ele. Chorei por mim.

Me senti, mais uma vez, derrotada. Parecia que tudo o que eu dissesse ou fizesse jamais mudaria a situação. Então, resolvi ser agressiva. Sei lá por quê. Falei que eu não acreditava em nada daquilo, falei que ele só ficava adulando a Vitória e não dava a mínima atenção para a gente. *Parece até que você só nos pega nos finais de semana por obrigação*, eu disse. E ouvi, naquele momento, as palavras da minha mãe, vi que era o veneno dela que eu jogava sobre ele. Mas já era tarde.

— Se você pensa mesmo assim, Letícia, eu não posso fazer nada.

Então, eu gritei:

— Pode, sim. Volta para casa. Larga esta Vitória.

Meu pai soltou as minhas mãos, olhou mais firme ainda para mim, disse:

— Não tem como. E sabe por quê?

Eu fiquei esperando.

— Porque eu não quero. Eu nunca fui tão feliz como estou sendo agora.

Eu saí correndo. Não consegui ver mais nada. Era só choro e choro e choro. Dor e raiva. Muita raiva da Vitória. Muita. O que ela estava querendo, afinal?

No caminho para casa, eu e meu pai não falamos nada. Só dei um beijo rápido em seu rosto quando desci do carro e entrei no edifício sem olhar para trás. A Cássia ria e gritava: *Tiau, pai, até semana que vem.*

Ser criança às vezes é tão mais fácil. Fiquei querendo ser criança de novo.

Há pouco o telefone tocou. Era a Juliana. Disse que amanhã o pessoal vai se encontrar de novo no colégio. Será que o Tadeu vai levar o violão? Tomara. Só assim, com meus amigos, consigo alegrar um pouco a minha vida.

# 11. DO DIÁRIO DE TADEU

Que saco.

A Lari ainda não respondeu meu bilhete. Será que não tá a fim de namorar comigo? O Pedro Henrique disse que, se ela tivesse a fim, já teria me telefonado ou mandado um recado. Mas que nada. Amanhã, no colégio, ou vai ou racha, não vou ficar a vida toda esperando a Larissa. Até porque a Vanessa tá arrastando a asa pra mim. Pelo menos eu acho. Ontem, na aula, pediu uma caneta emprestada e, quando devolveu, ficou dizendo obrigada e falando que à tarde iria ao colégio pra me ver tocar violão. Acho que ela tá gostando de mim. Deve ser o aparelho. As gurias adoram caras de aparelho. Não sei bem por que, mas eu acho que isso ajuda com as mulheres... de algum jeito, e não me pede, Chuck, pra explicar como, mas que ajuda, ah, ajuda. Então, é isso, tá decidido, se a Lari não der uma resposta logo, eu vou ficar com a Vanessa. Será que ela beija tão bem quanto a Larissa?

Que saco.

Tenho um trabalho enorme de geografia pra fazer. Desenhar mapas, colorir rios e montanhas. Bah, quem inventou escola não tinha outra coisa mais inteligente pra fazer? O Cau sempre diz que o colégio e o trabalho devem ter sido invenções de algum lunático. E o pior é que todo o mundo acredita que é bom estudar e trabalhar. O Cau tem cada ideia. Daqui a pouco ele, o Cícero e o Pedro Henrique vêm aqui pra gente fazer o trabalhão. Difícil vai ser se concentrar.

Que saco.

Ah, não vou esperar até amanhã porcaria nenhuma. Vou agora mesmo à casa da Larissa e ela vai ter que responder. Chego lá e digo na cara dela, de uma vez só, assim como o sor Carlos me falou pra fazer: "E aí, você quer ou não quer namorar comigo?"

É isso, Chuck, me aguarda que logo retorno com notícias. Hehehehehe.

(...)

Agora já é de noite, Chuck. Meu pai chegou não faz muito. Ele e a mãe tão se arrumando. Vão ao cinema. Sei que tô enrolando, meio sem coragem de escrever o que aconteceu na casa da Larissa. Que droga. Bom, numa hora destas, o melhor mesmo é contar logo.

Pois foi assim:

Cheguei à casa dela, chamei e ela me mandou entrar. Tava sozinha. Foi logo me puxando e me dando um beijo daqueles de perder o fôlego. Bom, aí, depois, eu perguntei aquela pergunta que escrevi mais ali em cima. Perguntei assim mesmo. Sem esperar que ela se recuperasse do beijo.

Aí, ela disse que gostava de mim, blá-blá-blá, aqueles papos, sabe, Chuck? Claro que você não deve saber. Tô até parecendo meio louco, babaca, conversando com uma tela de computador que se faz de diário. Pirei.

Bom, mas ela foi dizendo que eu era bem legal, que ela adorava ficar comigo, mas que a gente era só amigo, mais nada, que ela gostava mesmo era de um primo dela de Porto Alegre e que, nas férias, quando ela ia pra lá, eles sempre ficavam. Só que a mãe dela não sabia. E nem podia saber.

Bah, Chuck, me deu uma raiva. E uma baita vontade de contar tudo pra mãe dela. Aí, eu sacudi a cabeça sem saber direito o que falar e fui dizendo que ia embora. Ela que ficasse com o priminho dela. Mas, aí, a Lari me segurou pelo braço, sorriu, disse que eu era um cara muito legal. Veio vindo e a gente se beijou de novo. Um montão de vezes. Até ouvir o carro da mãe dela chegando.

Bom, pra encurtar a história, quando cheguei em casa, os guris tavam irados comigo. *E o trabalho? E o trabalho?* Ficaram gritando. Aí, contei o que tinha acontecido. O Pedro Henrique falou pra eu esquecer a Larissa e partir pra outra. O Cau ficou rindo: *Que partir pra outra o que, meu. Aproveita a guria. Se ela não quer namorar, não namora. Tem guria que é assim mesmo, só quer curtição.*

Mas o pior é que eu queria mesmo namorar a Larissa. Queria. Agora não quero mais. Só penso na Vanessa. Nenessa. Toda lindinha. Hehehehehe. Amanhã, no recreio, ela não me escapa. E se a Larissa quer curtição, vai ter.

# 12.
# DO
# DIÁRIO
# DE
# LETÍCIA

A Juliana disse que o Rogério falou com ela ontem no recreio. Apenas perguntou as horas. Mas ela está toda empolgada. Quer porque quer que a gente vá ao colégio à tarde. Eu acho que vou. A Isabel F. também vai. Apesar da Marina, ela não quer perder nenhuma chance de ficar perto do Cau. Ah, essas minhas amigas. Elas e seus amores impossíveis. No telefone, hoje, até perguntei para a Isabel F. por que ela não namorava o Cícero? Ou o Tadeu. Ele é um cara bem legal, toca violão, tem olhos claros, usa aparelho… Ela riu. Falou que ama o Cau, que o Cau é o homem da vida dela. Só porque ele toma banho de piscina de sunga. Usa um *piercing* na sobrancelha e tem uma tatuagem tribal no braço. Isso é demais para mim. Ah, e disse que, se eu achava o Tadeu tão engraçadinho, por que não namorava com ele? Eu e o Tadeu? A Isabel F. tem cada uma.

O dia, acho, que eu me interessar por um garoto, será por alguém que tenha a ver comigo. E não estes caras do ensino médio ou esses como o Cau. Eles sabem que as gurias das séries inferiores acham eles bonitos (mais por serem maiores do que por serem mesmo bonitos) e, aí, ficam se achando os caras. É possível algo assim?

É. A Juliana e a Isabel Fiorentin que o digam.

Hoje, na aula de português, a professora voltou a tocar na questão do diário. Disse que alguns alunos da outra turma perguntaram se podiam escrever o que quisessem. *Ora, é claro que podem*, falou a professora naquela vozinha irritante de quem precisa urgente tomar um comprimido e ir para cama. *O diário é de vocês e deve ser escrito de forma livre, relatando os principais eventos*, ela disse bem assim, *que acontecem com vocês. O importante é escrever. Sempre que escrevemos, sobretudo num diário, somos mais livres, deixamos que os sentimentos fluam. Quero que vocês sejam vocês mesmos no diário. Certo?*

Bom, a pergunta dela ficou voando na sala. Silêncio, até que uma voz lá do fundo, voz que toda a turma nem precisava se voltar para saber de quem era, falou que tava certo. E, já que ela disse que tava livre, ele queria saber se poderia criticar coisas da escola. *Mas é claro*, a professora falou. Aí, o Cau disse: *legal*. E continuou: *Sabe, sora, o meu diário tá bem pesadão. Tô escrevendo tudo o que penso do colégio, dos professores, da diretora. Ela vai ler? Ah, e numa linguagem bem popular.*

A professora fechou um pouco a cara. Percebia muito bem o que o Cau estava querendo fazer. Falou: *O diário é um trabalho da disciplina de português. Só eu o lerei. E, quanto à linguagem, creio que o senhor saberá a mais adequada a ser utilizada. Não precisarei lhe dizer.*

— Bah, que bom, senão, eu arriscava ser expulso. Sabe, sora, já ouvi um monte de gente dizendo que vai reescrever o diário na hora de entregar. Eu não. Vou deixar tudinho o que tá lá.

— Você não quer trazer trechos dele para ler na próxima aula, Carlos Augusto? Aí, posso comentar sobre a adequação da linguagem.

Acho que o Cau não esperava aquele enfrentamento. A professora o pegou desprevenido. Insistiu: *Não quer?*

— Não, sora. Prefiro entregar inteiro, de uma vez só. Aí, o susto vai ser maior — e deu uma risadinha. A turma do fundo, feito um bando de maria vai com as outras, riu também.

Ah, claro que o Cau não falou assim como escrevi, colocando o pronome no lugar certo. Falou "entregar ele". Tadinha da gramática.

Então, a professora encerrou a conversa com um "você é que sabe" e passou a colocar exercícios no quadro. A sala era só silêncio. Mas, quando todo mundo pensou que estava tudo na paz de novo, o Cau falou lá do fundo: *Sora, quer saber o nome do meu diário? É bem maneiro.*

Sem se voltar do quadro, ela disse: *Hoje não. Quem sabe amanhã.*

O Cau é bem assim, do tipo encrenqueiro. Adora polemizar, adora encher o saco dos outros, não sei como o Tadeu, o Pedro Henrique e o Cícero conseguem ser amigos dele. Os três parecem tão legais. Sei lá, mas o Cau é um cara em quem eu não confio muito. Por isso, fico tentando fazer com que a minha amiga tenha olhos para outros rapazes. Ela e o Cau não têm nada a ver um com o outro. E, depois, ele não está nem aí para ela.

Assim como o meu pai com a minha mãe.

Amor acabado, casamento também. E eu, aqui, meio sem saber o que pensar sobre tudo isso. Meio brigada com meu pai depois da nossa última discussão. Quer dizer, não foi bem uma discussão. Eu é que falei aquelas coisas para ele.

Eu é que falei.

# 12. DO DIÁRIO DE TADEU

Meu pai mal chegou e já vai viajar de novo. Que vida mais corrida. Ele teve aqui no meu quarto, perguntou como eu ando no colégio. Ficou parado ali na porta, eu meio que querendo que ele se aproximasse e me desse um abraço. Queria dizer pra ele que eu tinha me apaixonado e me desapaixonado pela Larissa, que a gente tinha se beijado, e tudo em poucos dias. Queria perguntar se era normal, mas não falei nada. Apenas fui dizendo que as aulas tavam legais, que minhas avaliações tavam todas boas, que ele não se preocupasse. E que eu tava tirando aquela música do Roupa Nova no violão. Ele sorriu e disse:

*Puxa, filho, que legal*, e que, quando tivesse pronta, queria ouvir. Depois, tirou a mão das costas. Tinha um pacote nela. Ele me entregou. Aí, a minha mãe o chamou e ele se foi. Eu, sabendo que ele sairia pela madrugada e que a gente só iria se ver de novo dali uns 15 dias.

*Tiau*, ele me disse lá da porta. *Tiau*, eu respondi. Aí, abri o pacote. Bah, Chuck, adivinha o que era? Uma camiseta do timão, modelo novo. Linda, vermelha. Tô com ela agora. Hehehehe. Fiquei atirado na cama um tempão, pensando que meu pai é um cara legal, que, quando ele voltar, vou agradecer muito meu presente. Perfeito. Acertou na mosca! Depois, me veio uma vontade desgraçada de escrever em você, Chuck. E agora tô escrevendo. Duas coisas muito diferentes aconteceram no colégio ontem. A primeira foi na aula: o Cau, meio que desafiando a sora, dando a entender que o diário dele tá cheio de críticas à escola e acho que até de bandalheiras, pois ele falou que tava escrevendo numa linguagem bem popular. Será que ele vai escrever palavrões? Ah, mas se o tal do Boca do Inferno, aquele poeta barroco, pôde escrever, por que o Cau não poderia? O Pedro Henrique disse que é diferente. Uma coisa é um poeta, outra é um aluno. Ainda mais repetente. Eu discordo, acho que todo mundo deve ter o mesmo direito de se expressar, seja poeta, seja professor, seja aluno, seja o raio que o parta. E, se a sora pediu pra gente escrever um diário e pra gente ser a gente mesmo, ela vai ter que aceitar o que aparecer. Será que não? Vai saber o que se passa na cabeça dos adultos. Eu não sei nem o que se passa direito na cabeça dos adolescentes, e isso que eu sou um também. Afinal, se soubesse, saberia por que a Larissa não quis ser minha namorada, saberia também o que o Cau tá criando em seu diário, saberia se a Vanessa tá mesmo a fim de mim. Tantas coisas que eu queria saber e não sei. Os papos com o sor Carlos no Skype é que têm sido legais. Ele tem me dado uns toques sobre como agir com as garotas. Acho que antes de casar ele deve ter tido um monte de namoradas, afinal as gurias do colégio o acham bem lindão. E ele é bonito mesmo. Quando crescer, quero ter toda aquela pinta dele. Ele me disse que as gurias são meio assim mesmo como a Larissa, meio em dúvida em levar um namoro se tão gostando de outro cara. Bah, mas, se ela não tava a fim, por que foi me beijando, então? O sor falou que, se foi legal, que eu não devo ficar me incomodando. Disse que outras gurias vão aparecer. Aí, eu falei pra ele sobre a Nessa. Ele riu. E disse: *Viu só, não te falei?* Aí, disse pra eu não encucar e que, se eu tô a fim, tenho mais é que conferir o lance. É o que vou fazer amanhã. A Larissa que se dane, não quero mais nada com ela. Só uns beijos, se pintar. Hehehehehe. Acho que eu amo mesmo é a Vanessa.

Bom, mas me perdi. Disse que aconteceram duas coisas e só falei da primeira. A segunda foi à tarde, durante o treino de vôlei. Nosso grupo se reuniu de novo e foi bem legal. Toquei umas músicas no violão, o pessoal cantou, depois ficamos jogando conversa fora e combinando a festa, mês que vem, que vai escolher a Garota do Colégio. *A Vanessa vai participar*, a Juliana falou. Aí, o Rogério do ensino médio disse: *Bah, ela é a maior gata.* Fiquei louco de ciúme, vontade de dar uns chutes naquele babaca.

Távamos lá: eu, o Pedro Henrique, o Cícero, a Juliana, a Marina, o Cau, o Rogério, a Letícia, a Isabel e o Murilo, um carinha novo no colégio. Entrou na turma 82 esta semana. Parece ser um cara bem legal. O pai dele veio morar aqui, é militar e foi transferido de Porto Alegre. Será que ele conhece o primo da Larissa? Acho difícil, Porto Alegre é uma cidade grande.

Ah, eu e os guris falamos sobre montar a banda. A Marina deu a maior força. Cada um ficou de pensar um nome pra banda e ver horários pros ensaios. Será que a banda vai sair mesmo? Tomara. O sor Carlos disse que, quando era guri, assim como a gente, tinha uma banda de rock. Nunca imaginei o sor cantando ou de guitarra nas mãos. Estranho isso. Pra gente, parece que nossos pais e professores já nasceram adultos. Difícil imaginar que eles já passaram por tudo o que a gente passa.

Por hoje é isso, Chuck. Amanhã grandes emoções me esperam. Hehehehe. Tadeu atacará novamente. Alvo? Vanessa, Nessa, Nessinha.

# 13.
# DO
# DIÁRIO
# DE
# LETÍCIA

Hoje aconteceu uma coisa superestranha.

Hoje aconteceu uma coisa.

Hoje aconteceu.

E bastou acontecer para que aquela ferida que estava meio cicatrizada pela alegria do encontro à tarde no colégio voltasse a se abrir. Dor enorme, e as palavras, mais uma vez, dando conta da realidade que eu tento esquecer, esconder de mim mesma.

Foi assim: a Cássia brincando no quarto dela, a mãe na cozinha e o telefone gritando, gritando, gritando. Aí, ouvi a ordem da mãe: *Alguém atende aí. Tô ocupada.* Pulei da cama, larguei o livro que estava lendo e fui até a sala. Não sem antes xingar a Cássia por ela se fazer de surda. Pestinha.

Atendi. Era uma voz de homem, perguntando pelo meu pai.

— MEU PAI NÃO MORA MAIS AQUI — eu disse. — Não mora — repeti, e aquelas palavras, após eu informar o número do celular do meu pai, ficaram ecoando bem dentro da minha cabeça. Meu pai não mora mais aqui, não mora mais aqui, não mora.

Voltei para o quarto, mas não tinha vontade de chorar. Apenas um grande vazio, um buraco enorme de certeza se fazendo dentro do meu peito. Meu pai não mora mais aqui, eu fiquei repetindo, repetindo, sei lá quantas vezes. Até que minha mãe enfiou o rosto na porta e perguntou quem era.

— Era um senhor perguntando pelo pai.

— E o que você disse, Letícia?

Eu olhei para ela e respondi. Disse, querendo que ela percebesse meu sofrimento, que ela percebesse que eu jamais a perdoaria por ter permitido que meu pai se fosse. Ela tinha lá sua culpa, devia ter, mesmo se fazendo, sempre que podia, de vítima. Falei:

— Disse que ele não mora mais aqui.

Minha mãe não falou nada. Saiu, me deixou sozinha, de novo. Acho que agora sou mesmo assim: uma jovem sozinha no meio de tanta gente. Uma jovem que ainda não entende destas coisas de amor, de casamento, de separação. Uma jovem que só sabe da dor que sente por estar vivendo o que jamais pensou que viveria. Sempre que eu ouvia de minhas colegas de aula que seus pais eram separados, eu sentia muita pena delas. Achava que ter os pais juntos sempre é mais legal, mesmo elas tentando me convencer do contrário. Agora sou também mais um dos tantos filhos de pais separados. Os da Isabel e do Pedro estão casados. Já se separaram, mas voltaram. Será? Não, o pai disse que não tem volta. Que ele ama mesmo é Aquela Uma. Os pais do Tadeu são casados também. Os da Juliana são separados desde que ela tinha 1 ano. Tanto a mãe dela quanto o pai casaram de novo. E ela tem irmãos dos dois lados. Deus me livre. Já basta a Cássia para me encher o saco. Imagina se o pai e a Vitória resolvem... nem pensar. Nem pensar.

Será que algum dia eu vou ser feliz de novo, Diário?

Será, Diário, será? Às vezes duvido. Sobretudo, quando sou obrigada a conviver com a tal da Vitória.

# 13. DO DIÁRIO DE TADEU

Chuck, meu amigo Chuck. Cheguei na Vanessa, assim como o sor falou. Não enrolei muito, fui logo dizendo que ela era linda e que eu tava a fim dela. Ela sorriu e disse que tava a fim de mim também, que gostava de guris de aparelho. Pode? Pode, Chuck. Viu só como eu tinha mesmo razão? As gurias gostam. Bah, acho que não vou tirar nunca mais este aparelho. O dentista disse que é para tirar daqui a uns dois anos. Mas acho que vou tirar é nunca. Hehehehehehe. Não sou otário. Bom, aí, eu e a Vanessa nos beijamos ali mesmo na sala de aula. Todo mundo já tinha descido pro recreio, a sala tava vazia. Foi bom demais. Beijo bom mesmo. Hehehehehe. Depois ela me olhou e disse que nunca tinha beijado um cara de aparelho, que achava superatraente, que queria saber se trancava nos dentes. Pode? Ah, e disse que, por enquanto, era para ser segredo que a gente tava ficando. Segredo. Pois é, Chuck, a Nessa disse isso mesmo. Depois a gente desceu pro recreio, eu com a alegria estampada no rosto, acho, pois o Cícero, quando me viu, perguntou se eu tinha visto um passarinho verde. Aí, eu puxei ele prum canto e contei que tinha ficado com a Nessa. Hehehehehe. Bah, pro Cícero achei que não tinha problema contar. Ele é de fé. Só que... Bom, o Cícero nem acreditou. Ficou dizendo que eu tava mentindo, que como é que a guria ia ficar comigo na sala de aula. *Ah, Cícero*, eu falei, *sei lá, pintou o clima e a gente se beijou.* Então, chegaram o Pedro Henrique e o Cau, e o Cícero foi contando pra eles. Bah, os caras nem acreditavam. Eu me senti o maior conquistador e acabei esquecendo o que a Vanessa tinha me pedido. Também, os meus amigos todos em volta de mim, bah, aí, fui narrando meus feitos amorosos.

Aí, o Pedro Henrique disse: *Pô, Tadeu, você resolveu agora pegar todas as gurias, é? Vê se deixa alguma pra gente.*

*É o aparelho*, brinquei, *o aparelho.*

Mas o saco foi que o tal do Rogério, aquele do ensino médio, tava passando por ali e ouviu. Então, o cara saiu contando pra todo mundo do colégio e, é claro, nem bem tinha acabado o recreio, a Vanessa veio, indignada, me cobrar que eu não podia ter contado nada pra ninguém, que eu era infantil demais. Eu até tentei explicar, mas você acha que ela quis me ouvir, Chuck? Não quis nada. Disse que ia dizer que era mentira. *Vou negar até a morte*, falou, *e você é que vai ficar com fama de mentiroso.* Eu fiquei ali, parado no meio do pátio, sem saber direito o que fazer. Nem bem tinha beijado a garota da minha vida e já a estava perdendo. Que droga! A mãe sempre fala que o peixe morre pela boca. Morri.

E se eu ligasse pra Vanessa e explicasse tudo, será que ela ia entender? O que você acha, Chuck? Ligo ou não ligo? Que saco. Aquele Rogério é um babaca mesmo. Agora tô sem a Vanessa, Nessa, Nessinha.

(...)

Liguei pra ela, Chuck. Ela nem quis me ouvir. E ainda ficou elogiando o Rogério, dizendo que ele foi bem legal contando pra ela que eu tava lá no pátio me aparecendo, dizendo que a tinha beijado. Tentei me explicar. Nada. Ela nem quis saber. Desligou o telefone na minha cara, não sem antes dizer que eu nem chegasse perto dela no colégio amanhã e que eu era um grande mentiroso. Mentiroso, eu? Droga. Eu ando sem sorte com as mulheres mesmo. Fazer o quê? Melhor mesmo é ligar a tevê e ver o timão jogar. Tô mais pra futebol do que pra mulher ultimamente.

# 14.
## DO
## DIÁRIO
## DE
## LETÍCIA

Minha mãe disse ontem que o mundo dá muitas voltas. Acho até que dá mesmo, mas cada vez tenho mais certeza de que não dará as voltas que ela deseja. O pai, nos falamos ontem, está cada vez mais apaixonado pela tal da Vitória. Ri à toa. Não que não risse antes. Ria, sim. Agora, no entanto, é diferente. Não sei explicar direito, mas que é diferente, é. À tarde encontrei a Juliana na biblioteca. A gente nunca tinha conversado muito assim de coisas pessoais, só daquelas mais comuns, que toda garota troca com suas colegas. Amiga mesmo, daquelas de confiar de olhos fechados, só a Isabel F. Pois hoje, na biblioteca, descobri que a Juliana é demais. Uma amiga e tanto. Tão bacana quanto a Isabel F. (Aqui em você, Diário, vou escrever sempre assim: Isabel F. Dá muito trabalho escrever a toda hora o sobrenome dela. Ok? A Isabel que me perdoe, afinal, eu não a chamo de Bel mesmo.)

A Juliana estava fazendo o trabalho de história. Eu sentei perto dela e a gente começou a jogar conversa fora. De repente, nem sei como, eu me vi falando do meu pai, da separação e da barra que é viver entre duas famílias. A Juliana disse que não precisava ser assim, que eu podia me relacionar bem tanto com o lado da minha mãe, quanto com o pessoal do lado do meu pai. Só que a minha mãe, eu acho, não pensa assim. Sempre que pode, ela inventa uma desculpa para que eu não visite a família do meu pai. Então, acabo vendo a vó Betina e o vô Augusto só quando o meu pai me leva lá. Mas fazer o quê?

Fazer o quê?

Eu fiz a pergunta e a Juliana disse, mais ou menos algo assim: que eu devia tentar ficar de fora, que o meu pai será sempre meu pai, minha mãe, sempre minha mãe, e o mesmo com os meus avós. Disse que eu não preciso tomar partido algum. E que problema de adultos eles que resolvam. Olha, Diário, acho que ela até tem razão. Mas não é fácil. Eu até tento, porém, quando vejo, estou envolvida e cobrando atitudes que meu pai não pode e não quer tomar. Viro meio criança, sabe? Meio birrenta. Chorosa. Reclamona. Não queria ser assim. Sinto saudade de meus avós e acabo não dando um telefonema pra eles. É que a minha mãe resolveu culpar "os de lá", como ela chama a família do meu pai, pela separação. Será que alguém, que não seja o meu pai nem a minha mãe, pode ter alguma culpa?

A Ju acha que não.

Eu não sei direito o que achar.

Acho que, quando um casal resolve se separar, se alguém tem culpa, só podem ser eles mesmos. Quem mais? Ah, mas se a Vitória não tivesse aparecido, meu pai, com certeza, ainda estaria lá em casa.

Ou não.

Vai saber.

Ah, de repente a Juliana mudou de assunto e disse que eu estava mesmo era precisando arejar a cabeça. *Sábado vai ter uma festa lá na casa da Vanessa. Pois é, ela disse que vai ser bem legal. Vamos?*

Eu já sabia da festa. A Vanessa tinha convidado todo o pessoal da sala. Até eu. Acho que ela quer uma festa bem animada. E cheia de gente.

Olha, confesso que acho a Vanessa meio chata. Convivo bem pouco com ela na aula, ela é toda metida a patricinha, sempre com os cabelos bem lisos de tanta chapinha que faz. No entanto, ela nunca me fez nada. Claro que a gente conversa bem pouco, mas não é preciso ser amigo para ir à festa de alguém. Coisa mais normal. A minha mãe acha estranho. Eu não. Então, sem pensar muito, eu disse:

— Vamos.

É a primeira vez que eu vou a uma festa depois da separação dos meus pais. Quanto tempo faz mesmo?

Quanto tempo faz?

Quanto tempo?

Esqueci.

# 14. DO DIÁRIO DE TADEU

Bah, bah, bah, Chuck, acho que ainda tenho chance. Hoje a Vanessa passou perto da minha classe e jogou um bilhete. Tava escrito bem assim: *Sábado, na minha casa, 22h. Gurias levam salgados; guris, refrigerantes. Espero você.* Ou seja, Chuck. Ela tá querendo. Tá querendo. Hehehehehe. Tadeu, *El Matador*, atacará novamente. Não, não, devo ir com calma, afinal, a Vanessa tá meio chateada comigo. Não posso falhar desta vez. Senão...

Bah, acho que a festa vai ser bem legal. A Vanessa convidou todo mundo da aula. E ainda abriu pra gente convidar mais pessoas. Tô com uma vontade de convidar a Larissa. Aí, ela vai me ver com a Vanessa aos beijos. É bom pra ela perceber que o papai aqui não tá mais na dela. Ela que fique com o primo porto-alegrense. Que fique. Eu quero mais é aproveitar a festa da Vanessa.

Mas, mudando de saco pra mala, no recreio, entrei no banheiro e o Cau tava lá. Adivinha o que ele tava fazendo? Fumando. É isso mesmo, Chuck. Fumando. Olha, não quero parecer careta, porém, não curto cigarro. Sou cara limpa. Sem drogas, sem bebida, só música e futebol. E mulheres, claro. Hehehehehe. Bom, o Cau me estendeu o cigarro. Eu disse não. Aí, entrou o Murilo, o cara novo de Porto Alegre. Bah, o guri pegou o cigarro e deu uma pegada funda. E nem tossiu. Tá bem acostumado, pelo jeito. Falei pra eles tomarem cuidado, vai que um professor entrasse no banheiro. Mas e os dois deram bola? Que nada. Fui saindo e eles ficaram lá, nem aparecer no período de matemática apareceram.

Tô bem preocupado com o meu amigo. O Cau é um cara bacana, mas acho que anda meio atrapalhado. Falei com ele sobre o cigarro, ele disse que é bom fumar, coisa de homem. Sei lá, mas acho que o Cau anda assim por causa do namoro dele. A Marina é guria mais velha, mais experiente. De repente, o Cau fica pensando que, se fumar, terá mais idade. Pode? Bah, mas, aí, é muita babaquice. Sei não.

— Você é muito guri, Tadeu — ele me disse. Bah, me deu uma raiva do Cau. Quem ele pensa que é pra chamar os outros de guri?

E foi saindo. O pessoal do ensino médio tava lá no portão. A Marina, com eles. Ela é muito linda. Claro que não tanto como a minha Vanessa. Ah, na verdade, as duas são muito lindas. A Marina, mais experiente nesta história de namoro.

Acho que sábado vou usar aquela camiseta verde. Quando boto, todo mundo diz que meus olhos ficam mais claros ainda. Hehehehehe. A Vanessa vai amar. Vai, sim. Aí, quem sabe, não rolam alguns beijinhos? Ah, Chuck, quero beijar a Nessa de novo. Ela tem uns lábios de mel, que nem os da tal da Iracema. Hehehehehehe. Ela é linda. Linda. Acho que me apaixonei de novo.

Vanessa, Vanessa. Que vontade de gritar o nome dela. Bem alto. Imagina, a mãe ia acordar assustada. Bah, mas que ia ser divertido, ia. Vou é cantar uma música pra ela. Cantar bem baixinho, bem dentro do ouvido. Música de amor. Uma daquelas bem românticas do Caetano: *Você é linda, mais que demais.* Bom ter pais que curtem essas músicas de amor. Aí, a gente sempre tem uma trilha sonora na hora certa.

# 15.
# DO
# DIÁRIO
# DE
# LETÍCIA

Hoje aconteceu algo bem estranho. A professora de português dividiu a turma em grupos para trabalhar no pátio. Estava muito calor. A gente, ali, bem envolvida com a tarefa, quando o Cau e o Tadeu se aproximaram. A professora estava nos dando uma ajuda. Então, ela levantou o rosto e disse: *Que cheiro de cigarro!* Nossa. Foi só ela falar e o Cau deu meia-volta, saiu dizendo que tinha esquecido a mochila dele na aula. Esquecer que nada. Todos nós vimos a mochila no banco: preta, com o distintivo do Grêmio. O Tadeu disfarçou, disse: *Não estou sentindo nada.* E já puxou assunto perguntando se eu, a Juliana e a Isabel F. iríamos à festa da Vanessa. *Vamos, sim,* disse a Juliana, *por quê?*

— Nada não. Nada não.

Bom, o fato é que ele conseguiu distrair a professora, pois foi pedindo explicação e ela esqueceu do cheiro de cigarro. Porém, para todos nós ficou muito clara a verdade. Se ficou. Que o Cau fuma escondido, eu até já tinha ouvido falar, mas agora tenho certeza. Acho que o namoro com a tal da Marina está mexendo mais ainda com o Cau. Ele deve querer ficar se igualando a ela na idade. Querendo ser "homem". Bem coisa de guri que se acha. Falei tudo isso para a Isabel F. Ela ficou em silêncio, mas depois disse que devia ser mesmo implicância nossa:

— O Cau é bem legal, viu? Bem legal.

— Será mesmo, Isabel?

Foi a Juliana que respondeu. A Isabel F. não falou nada. Baixou a cabeça e ficou resolvendo os exercícios.

Gostei da atitude da Juliana. Não teve medo de colocar a Isabel F. de cara com o que ela pensa sobre o Cau. Ora, que ele é metido é. Disso não tenho dúvidas. Não gosto muito do jeito dele de se achar superior a todos só porque tem mais idade. Nada a ver. Nada a ver mesmo.

A Juliana, olhando assim, é bem meiguinha. Um rosto bem branco, cabelos escuros. E sempre preocupada com os estudos. Mas, por trás desse ar de anjo, tem uma pessoa que sabe o que quer. E que não tem, como diz a minha Vó, papas na língua. Ela fala o que pensa. Fala mesmo. Por isso, cada vez a tenho achado mais legal. Acho que a Ju vai ser amiga para o resto da vida. Como aquelas de novela das oito, que acabam sendo até comadres. Imagina eu, a Ju e a Isabel F. daqui a alguns anos: casadas, com filhos e comadres. Falei isso para elas. A Isabel ergueu o rosto do caderno e disse:

— Só caso se for com o Cau.

Você acredita, Diário? Pois foi isso mesmo que ela disse. Foi.

Até parece que ela não sabe que casamentos não são para sempre, que não são até que a morte separe.

Eu sei.

E como sei.

# 15. DO DIÁRIO DE TADEU

A festa tava legal. Quer dizer, legal, legal também não. Podia era tá bem melhor. Deu pra dançar, me divertir, mas não fiquei com ninguém. Saco. Beber um pouquinho. No convite dizia pra levar refri, mas o Cau e o Murilo levaram uma caixa cada um de cerveja. Hehehehehe.

A Larissa não deu as caras. Também, ela não é amiga da Vanessa. E eu acabei não a convidando, achei que não tinha nada a ver. Burrice minha. Se ela tivesse ido, pelo menos, quem sabe, eu teria alguém para ficar na festa. Droga. Não adiantou nem sorriso de aparelho, nem camiseta verde, nem o gel que passei nos meus crespos pra deixar eles com jeito de molhado. Nada. A Vanessa dançou o tempo todo com o Rogério. Saco. Me danei.

Quer dizer, o tempo todo também não. Eu até que tentei, e ia conseguir, mas o Cícero. Bah, o Cícero acabou entregando a Vanessa pro Rogério. Cara mais idiota. Todo rebolativo. Nada a ver. Mas ela lá, rindo e dançando. Acho que só pra fazer ciúme pra mim. Fiquei sentado um tempão. Tomei uns goles de cerveja pra ver se criava coragem de ir lá e dizer: *Olha, Vanessa, larga esse cara aí e vamos dançar, e vamos namorar, e vamos nos beijar.* Mas a coragem não veio. Aí, desisti de beber, fiquei no refrigerante mesmo. Fazer o quê? Se pelo menos o sor Carlos tivesse ali pra dar uns toques. Mas não tava.

As gurias até que se divertiram. Fizeram uma rodinha no meio do salão e dançaram a noite inteira. Teve uma hora até que a Bel (a Bel detesta que a chamem assim, mas, como jamais lerá você, Chuck... Hehehehe) e a Letícia me chamaram pra dançar com elas. Mas eu menti dizendo que tava cansado.

Tava mesmo era triste. Chateado.

Tudo parece meio errado pra mim nos últimos dias. Bah, Chuck, fiquei lá, sentado, vendo as horas passarem e o pessoal se divertir. Eu e a Juliana. Os dois meio abobalhados. Ela, por causa do Rogério. Eu, você sabe bem por causa de quem. Só lá pelo meio da festa foi que eu me dei conta de que a

Vanessa não ia mesmo ficar comigo. Foi aí que decidi: vou dançar, vou me arrebentar, pelo menos não perco a minha noite. Aí, convidei a Juliana pra dançar. Ela disse, naquele jeito dela de que parece que não tá nem ouvindo a gente: *Vamos, sim.* Pegou a minha mão e me puxou pro meio da sala. Claro que queria só fazer ciúme pro Rogério. Só que ele nem ligou. Acho que nem sabe que a Juliana é a fim dele.

Depois a gente entrou na rodinha de dança das gurias. O Murilo, o Pedro Henrique e o Cícero (sempre com um copo na mão. Disse que iria beber todas naquela noite. E bebeu mesmo) vieram também. De vez em quando nós, os guris, trocamos alguns olhares, meio que decidindo quem ficaria com quem. Claro, se as gurias topassem. O saco é que elas não são muito disso. Aliás, não são nada disso. Pelo que sei, as três ainda nunca ficaram. Falei isso pro Murilo, aí, ele disse, rindo: *Sempre tem a primeira vez.*

É, Chuck, sempre tem.

Mas eu olhava pras três e, sei lá, não tava muito animado. A Letícia até que é bonitinha. Mas a Juliana eu sei que tá a fim do Rogério, e eu não sou de ficar com guria que gosta de outro, já bastou a Larissa. Aí, sobrava a Bel. Bah, mas ela é a fim do Cau e, ainda por cima, é irmã do Pedro Henrique.

Bom, Chuck, lá pelo meio da festa, eu decidi que queria a Vanessa. E fui. Me aproximei dela (o Rogério tinha dado uma folga. Tava lá no pátio com o Cau e a Marina), ficamos dançando um em frente ao outro. Eu pedi desculpas de novo. Ela sorriu e disse que aceitava. Aí, de repente, assim no mais, o cara que tava colocando as músicas botou uma lenta, bem lentinha, daquelas de dançar bem junto. Meu coração disparou. O pessoal foi meio que saindo do centro da sala, alguns pares foram se formando, aí, eu peguei a mão da Vanessa e disse:

— Vamos dançar?

— Vamos — ela falou.

E abriu aquela boca de Iracema num sorriso coisa mais linda. Ganhei a Vanessa de novo, pensei. Só que, mal a gente começou a dançar, ouvi uns barulhos estranhos. Pareciam uns roncos. Olhei e vi o Cícero passando mal. Meio tonto. *Só um pouquinho,* pedi pra Vanessa e fui ver o que era. Bah, Chuck, o meu amigo tava mal. Tinha se passado na bebida. Tava de porre. Coisa feia de se ver. O Pedro Henrique tinha sumido. Sei lá onde andava. O Murilo tava lá abraçado com uma guria amiga da Marina. Só restava eu mesmo pra socorrer o Cícero. Aí, fui: o levei pro pátio, o pessoal que não tava dançando me ajudou. Ar puro dizem que é bom. Sei lá. Acho que é mesmo. Sentei meu amigo num banco e entrei pra buscar uma água. O cara tava até vomitando. Argh.

Só que, quando botei o pé na porta, tive a pior surpresa de toda a minha vida: a Vanessa tava dançando com o Fred do terceiro ano, um verdadeiro homem das cavernas, todo marombado. E bem abraçada. Cabeça encostada no ombro. Droga.

Minha vontade era de bater a cabeça do Cícero contra a parede. Por causa do porre dele eu tinha perdido a Vanessa. De novo.

Saco.

Ainda tentei. Fui até eles e disse:

— Nessa, você tava dançando comigo.

—Tava, meu. Não tá mais. Agora tá comigo. Abre fora.

Bah, Chuck, você não sabe a vontade que eu tive de dar um murro na cara daquele imbecil. Mas, se desse, eu era um homem morto. O cara faz três de mim.

Droga.

Aí, chamei o Pedro Henrique. Ele tinha ido ao banheiro. Pegamos o Cícero e o carregamos pra minha casa. Melhor dormir aqui. Imagina se ele chega em casa naquele estado. A mãe dele o mata. A minha, se fosse comigo, com certeza me mataria.

Bela festa, hein, Chuck. Bela festa.

Eu, mais uma vez, perdi uma garota. Antes de sair da festa, dei uma olhadinha pra trás, pensei que, quem sabe, a Vanessa, ao ver que eu estava indo embora, iria correr ao meu encontro. Que nada. Tava ela lá, beijando o *Homo sapiens*. Saco.

Tô ouvindo barulho de carro. Acho que meu pai acabou de chegar de viagem. Bom ter ele por aqui. O meu amigo Cícero tá dormindo ainda, na boa, atirado na minha cama. Quero só ver a cara dele quando acordar. Hehehehehehe.

Vou lá dar um oi pro meu pai.

# 16.
# DO
# DIÁRIO
# DE
# LETÍCIA

Resultado da festa da Vanessa:

1. Cícero de porre, sendo carregado pelo Pedro Henrique e pelo Tadeu lá pra casa do Tadeu. Ficaram com medo de que a mãe do Cícero nunca mais o deixasse ir a festa alguma se ele chegasse em casa naquele estado deplorável (como fala minha Avó).

2. A Vanessa acabou ficando com o Fred. O Tadeu ficou arrasado. Não deve ser fácil ver quem a gente ama aos beijos com outra pessoa. Não deve. Acho que, se eu passasse por algo parecido, ia querer sumir do mapa, desaparecer para sempre. Por que será que as paixões acontecem assim: um gosta de outro que não gosta desse um. Tudo

desencontrado. Por exemplo: se o Rogério amasse a Juliana, a Vanessa amasse o Tadeu e meu pai gostasse da minha mãe, tudo estaria tranquilo. Tudo.

3. A Isabel F., mais uma vez, ficou tentando demonstrar alegria, enquanto os olhos não deixavam o Cau e a Marina descansados. Coitada da minha amiga. Mais uma que ama e não é amada. Será que os amores adolescentes são sempre assim? Minha mãe, meu pai e a Vitória não são mais adolescentes. No entanto, também está tudo desencontrado. Às vezes penso que, se gostar de alguém significa ficar sofrendo (e eu já sofro tanto), não vou querer me apaixonar nunca. *Never*. Jamais.

4. Eu me diverti bastante. Fazia tempo que não dançava, não ria com minhas amigas. Foi bom.

Hoje o pai vem pegar eu e a Cássia. Combinamos um cinema por telefone. Vamos só nós três. Fiquei feliz de saber que a Vitória não irá junto. Quem sabe eles estão brigados. Tomara que sim. Tomara. Minha felicidade é tanta que nem me importo que a Cássia escolha o filme. Ela sempre quer ver besteiras, aqueles filmezinhos de criança.

Azar.

A Vitória não vai. Só por isso o passeio já vale a pena.

Faz algumas semanas que não me encontro com Aquela. Sei lá se ela está evitando me encontrar. Se está, fico contente. Parece que, finalmente, percebeu que não vou com a cara dela, que não a perdoo por ter ajudado que meu pai saísse de casa. Bom, depois daquela conversa que a gente teve, acho mesmo que a Vitória aprendeu que, por mais que ela faça coisas para me agradar, jamais me agradará, jamais me fará esquecer que meu pai não mora mais comigo por causa dela. Minha mãe chora, eu choro, só a Vitória ri. Só ela.

Foi por isso que, naquela tarde em que a gente ficou na sala do apartamento dela, o pai e a Cássia dormindo, eu disse tudo o que estava trancado há muito tempo em minha garganta. Falei que jamais poderia ser amiga dela, como ela estava querendo. Ela sorriu e falou que, com o tempo, as coisas iriam se ajeitar.

— Não vão nunca.

— Calma, Letícia. As coisas não são tão terríveis quanto parecem.

— Pra você não — eu disse. — Afinal, você não perdeu nada. Só ganhou.

— Você podia ganhar também. Uma amiga.

Ela disse com aquele risinho falso dela. Então, eu a olhei bem nos olhos, não tive medo. Era a guerra declarada. Havia um pouco de mágoa. Acho que ela estava se dando conta de que, de fato, eu não queria, e não ia, ser sua amiga jamais. Amiga, pois sim.

— Letícia, eu.

— Você nada — eu gritei. — Você tem é que sumir da vida do meu pai, entendeu? E, se possível, esqueça que eu existo. Me deixa em paz. E deixa o meu pai também em paz. Eu não quero ser sua amiga, entendeu? Você é a culpada pela separação dos meus pais.

Ela, então, disse que se afastar do meu pai era impossível, que eles se amavam e que eu, querendo ou não querendo, nada poderia mudar nisso. *Olha, se os seus pais se separaram, eu não tenho culpa nenhuma. Se alguém tem culpa, são eles mesmos. Eles que não se amavam mais. E é uma pena que você não queira viver em paz com a gente. Pena mesmo. Sabe por quê? Porque eu amo o seu pai e quero vê-lo feliz. Só por isso eu aguento os seus ataquezinhos, Letícia. Mas não fique preocupada, eu vou cuidar apenas de mim e do seu pai. Não quero mais ficar olhando para essa sua carinha de menina mimada. Ok?*

Foi assim, Diário, bem assim que ela disse. Aposto que só falou comigo daquele jeito porque meu pai não estava junto. Uma fingida é o que ela é. Uma fingida. Bem como a minha mãe fala. Mas ela não contou nada sobre nossa conversa para o meu pai. E nem eu. Fiquei com medo de que ele acabasse ficando do lado dela.

Droga.

Que raiva que eu tenho dessa Vitória.

Quando penso que estou me acostumando com a ideia da separação, me vem uma raiva da Vitória, e eu fico sofrendo de novo e desejando que toda esta história acabe e meu pai seja só meu pai de novo.

Hoje vamos ao cinema apenas nós três.

Apenas nós três.

Apenas nós.

# 16. DO DIÁRIO DE TADEU

Meu pai ficou só alguns dias em casa e já viajou de novo. Fiquei olhando ele sair, sua mão dando tiau, seu sorriso, e me bateu uma saudade enorme. Vontade de ir com ele, saudade do tempo em que eu era criança e a gente jogava futebol na praça. Naquele tempo o pai não viajava tanto.

*Quando o pai vai deixar de viajar, mãe?* Perguntei pra ela.

Minha mãe me olhou, deu um sorriso, acho que também de saudade, disse: *Um dia, filho. Um dia.* O saco é que meu pai viajou e nem tive tempo de tocar a música do Roupa Nova no violão. Acho que ele ia gostar de ouvir. Ia, sim. *Linda, só você me fascina.* Pensei na Lari. Na Vanessa. Bah, sei lá.

Aí, peguei meu violão e fui pro colégio.

O Cau, o Rogério, o Cícero, o Pedro Henrique, o Murilo e eu, mais a Bel, a Juliana, a Letícia, a Marina, a Vanessa e a Marília, a amiga da Marina que ficou com o Murilo na festa, nos reunimos no colégio. Toquei umas músicas e o pessoal cantou. Eu tava lá, todo me sentindo, quando vi que a Larissa passou. Bah, Chuck, cantei mais alto ainda. E só fiquei cuidando dela pelo canto dos olhos. Ela ficou lá na porta do prédio, acho que louca de vontade de ficar com a gente, mas, como ninguém chamou, acho que ela não teve coragem de se misturar. Ainda mais que era só gente da oitava e do ensino médio. A Larissa ainda tá na sétima. É mais novinha que a gente.

A Vanessa e o Fred das Cavernas, pelo visto, não tão namorando. Parece que na festa foi só uma ficada, na boa, sem compromisso. Bem feito pra ela. Eu até tô a fim de namoro. Tô mesmo. Mas as gurias não me querem. Fazer o quê?

— Tadeu, canta aquela do Jota Quest.

A Letícia pediu. Um sorriso bonito naquele rostinho. Será que ela é diferente? Será que é do tipo de querer namorar? Bah, nada a ver. Nada a ver. Ela não faz o meu tipo. Muito estudiosa. Muito certinha. Esses dias a Bel tava falando pro Pedro Henrique, e eu ouvi, que os pais dela se separaram não faz muito e que ela anda triste por causa disso. Não aceita que o pai já tenha uma nova namorada. Bem coisa de guria mesmo. Nada a ver. Hoje a coisa mais normal do mundo é ter pais separados. Se os meus se separassem, eu não ia pirar muito. Acho que não. Claro que não ia gostar. Mas a gente não tem muito o que fazer numa hora dessas. Nossos pais não pedem autorização pra gente pra casar, pedem? Então, por que iam pedir pra separar? Hehehehehe. Qualquer dia vou dizer isso pra Letícia. Vou mesmo.

Bom, mas como eu tava dizendo, ela pediu aquela do Jota Quest e eu perguntei qual. Aí, ela disse: *Só hoje.* Eu cantei e depois emendei mais umas três. Quando parei, a Bel foi quem pediu: *Ah, canta* Fácil, *a gente gosta tanto.* E, aí, ela deu uma olhadinha pra Letícia e pra Juliana. Confesso que não entendi nada. Mas cantei. A Marina me acompanhou no vocal.

Bah, ela é muito linda. Cantando fica mais linda ainda. Se não fosse namorada do Cau, sei não. Sei não.

Fazer o quê?

A Marina é linda.

Bah, Chuck, o que tô dizendo? Será que agora vou me apaixonar pela namorada do meu amigo? Não. Não mesmo. Fora de questão. Amigo é amigo. E o Cau é meu amigo, não é? Claro que é. Não como o Cícero e o Pedro Henrique. Mas é amigo, sim. Me chamou de guri porque eu acho que cigarro não tem nada a ver, mas é meu amigo. No fundo, é um cara legal.

E a Marina é a namorada dele. Dele.

Que ideias, Chuck. Vou é tomar um banho e esquecer esta bobagem. *Marina, Marina morena, você se pintou.* Tem uma música assim. Só que a minha Marina é loira. Um anjo loiro. Bah, Chuck, eu escrevi "minha Marina". Pode?

Tô perdido.

# 17.
# DO
# DIÁRIO
# DE
# LETÍCIA

Ando cansada de escrever em você, Diário. Ainda bem que o prazo de escrita acaba, a gente revisa, entrega para a professora e acabou. Falta só um mês. Como será que os guris estão se vendo tendo que escrever um diário? O Cau, pelo menos pelas indiretas que ele sempre dá nas aulas, deve estar aprontando alguma das dele. Com certeza.

Bom, vou só colar aqui uma cartinha que a Juliana me entregou ontem após nossa roda de violão. O Tadeu cantou várias do Jota Quest. Mas, quando ele cantou *Dias melhores*, eu fiquei pensando se virão melhores dias para mim mesmo. Será? Olha só, Diário, como não é à toa que a Juliana sempre tira boas notas em português e a professora elogia as redações dela. A guria é demais. Não só na escrita. É grande amiga também.

*"Querida Letícia, há vezes na vida em que a gente precisa mesmo enfrentar situações que parecem terríveis. Há vezes em que não adianta ficarmos fugindo dos problemas. Bom mesmo é enfrentá-los cara a cara. Olha, sei que você anda sofrendo bastante com tudo isso que desabou sobre a sua cabeça. Eu sei, afinal, tenho também meus pais separados. Claro, sei que é diferente. Afinal, eu praticamente nasci assim. Era bem pequenina quando eles resolveram cada um ir prum lado. Mas saiba que eu não deixei de ter pais e de ter uma família. Ao contrário. Eles são superlegais, cuidam muito de mim, sinto que me amam. Os companheiros deles também são pessoas muito bacanas. Às vezes, se paro para pensar, é mesmo tudo muito confuso: tenho irmãos dos dois casamentos. Uma irmã, por parte de pai, e dois pestinhas, por parte de mãe. Somos uma família enorme. Talvez, se meus pais não tivessem separado, eu fosse filha única. Não teria irmãos e não conheceria o Petersen e a Laura, que foram as pessoas que meus pais escolheram para viver com eles.*

*Hoje, claro, as coisas estão muito novas ainda e você não consegue vê-las com clareza. Olha, um caminho legal é você tentar se colocar no lugar do seu pai. Só assim você poderá entender melhor o que ele sente. Às vezes pensamos que apenas nós estamos sofrendo e esquecemos que os outros podem estar sofrendo também. Somos meio egoístas. Pelo menos eu acho. Temos, muitas vezes, dificuldade de entender os outros. Olha eu, cheia de amor pelo Rogério, querendo ficar com ele, mas sem coragem de dizer. Tenho medo de que ele me ache uma criança. E, aí, o que acontece? Ele quase fica com a Vanessa. Se não fosse aquele Fred aparecer na festa. Sei não.*

*Sei que parece que me perdi e que, como diz o Petersen, se conselho fosse bom, ninguém dava de graça. Mas não é conselho, viu? É tentativa de ajuda, afinal, naquele dia na biblioteca em que a gente conversou, vi que você está bem confusa com a história da separação e do namoro do seu pai. Acho que amigos servem para isto também. Para ajudar. Por isso, resolvi escrever esta cartinha. Tomara que ela traga a você um pouco da minha amizade e do meu carinho. Ah, e de preocupação também.*

*Beijos da sua amiga Juliana.*

*PS: Qualquer coisa, me liga, me procura, me chama. Mais beijos."*

Puxa, a Juliana é mesmo bacana. Parece até uma adulta falando. Se bem que os adultos às vezes falam cada besteira. Gosto dela. Cada vez mais.

# 17. DO DIÁRIO DE TADEU

Meu pai morreu, Chuck. Meu pai morreu.

ai parado ali na

..itando suas músicas de
..iãe.
..ais tomar vinho na sexta-feira
..do vai nunca mais esta
.a e ele vai desce
.ó vou pode

# 18.
# DO
# DIÁRIO
# DE
# LETÍCIA

Diário, ontem uma notícia caiu feito uma bomba na cabeça da gente. O Tadeu não apareceu na aula, aí, a diretora entrou e disse que tinha ocorrido um acidente com o pai dele. Coisa grave. Que ele estava mal no hospital. Mas, na verdade, era pior ainda. Parece que um caminhão bateu de frente no carro do pai do Tadeu. Ele tava vindo de uma de suas tantas viagens.

O pai do Tadeu morreu, Diário.

Nossa, foi um silêncio na aula. Ninguém sabia direito o que fazer. A diretora disse que as aulas seriam suspensas para que quem quisesse, pudesse ir ao velório e ao enterro.

Eu nunca fui a um enterro, Diário. Nunca. Será no final do dia.

Eu e as gurias, mais o Pedro Henrique e o Cícero, demos uma passada no velório. Coisa terrível. O caixão no meio da capela; o corpo, entre as flores; aquele cheiro de velas queimando. Tudo só tristeza. E o Tadeu agarrado na mãe dele. O rosto inchado de tanto chorar. Coitado. Me deu uma pena. Nós o abraçamos, uns disseram algumas coisas, eu não. Não sabia o que falar, não tinha o que falar. O mundo do Tadeu desabando bem ali na nossa frente. Um horror.

A morte é definitiva. Não tem volta. Tudo acaba assim, num estalar de dedos, e o pior é que a gente apenas se dá conta disso quando se depara com cenas como essa. Um vazio ali naquela capela, embora algumas pessoas tentassem encher o tempo com conversas amenas ou com palavras de alento para a família. O Cícero até que tentou contar umas histórias engraçadas. Nada adiantou. Não havia clima para risos.

Só dor.

E o Tadeu era o centro das atenções e dos comentários: *tadinho, pobrezinho, tão moço e já sem pai.*

Sem pai, sem pai, sem pai. Nossa, Diário, as pessoas comentavam com dor, porém, aqueles cochichos me deram uma raiva, uma vontade de gritar que calassem aquelas bocas, que fossem embora dali e só deixassem perto do Tadeu as pessoas silenciosas. Eu ficava me colocando no lugar dele e me deu uma vontade de ir até lá, dar um abraço, deixar que ele percebesse que eu e o pessoal somos amigos de verdade, e estamos aqui para o que der e vier.

O cheiro das flores. As coroas com frases de adeus. Uma, da empresa onde o pai trabalhava; outra, da esposa e do filho: "saudade eterna".

Ficamos pouco. A Juliana chorou muito. Disse que era pesado demais tudo aquilo, que a vida não era justa, pois, se fosse, não existiriam a morte e toda a dor que ela traz consigo. Me lembrei do meu pai e me veio uma vontade louca de estar com ele, de abraçá-lo, de pedir desculpas pela péssima filha que eu ando sendo nos últimos tempos. Por pior que pareça a separação, meu pai está vivo, bem perto de um beijo, de um chamado. Aí, meu coração começou a se apertar também e, quando vi, estava lá, abraçada nas minhas amigas, chorando.

Chorava mais por mim do que pelo Tadeu.

E, quando a gente estava saindo, ainda o ouvi perguntando, meio perdido, para a mãe dele: *O que vai ser da gente agora, mãe?*

Não ouvi o que ela respondeu, porém, aquela pergunta ficou presa nos meus ouvidos a tarde toda.

O que será da gente?

O que será?

Então, mandei um torpedo para o meu pai. Escrevi assim: *Pai, eu te amo muito.*

# 18. DO DIÁRIO DE TADEU

Eles trancaram o meu pai na parede. Fecharam tudo com cimento. Penduraram as coroas. E fim.

Meu pai tá morto. Morto e enterrado.

Eu não vou ver mais o meu pai parado ali na porta.

Eu não vou ouvi-lo cantando suas músicas de amor para a minha mãe.

Eles não vão mais tomar vinho na sexta-feira.

Seu carro não vai nunca mais estacionar aí em frente de casa e ele vai descer com saudade.

Eu não vou poder dizer mais para o meu pai tudo o que não disse. E nem cantar a música do Roupa Nova.

Meu pai tá morto.

Meu pai morreu.

Viajou, como falou a minha tia, irmã dele. Viajou pra sempre.

Nunca mais eu vou ver o meu pai.

Difícil de acreditar, Chuck. Difícil mesmo.

Isto dói demais.

# 19.
# DO
# DIÁRIO
# DE
# LETÍCIA

Faz uma semana que o Tadeu não aparece nas aulas. O Pedro Henrique e o Cícero — a Isabel F. que me contou — têm ido toda tarde à casa dele. Levam os temas, dão algumas explicações sobre as matérias novas, tentam tirá-lo para a rua, para as rodas de violão. Mas ele se recusa. Não deve estar querendo contato com ninguém, não deve estar querendo que as pessoas sintam pena dele. Eu acho. A Isabel F. falou que o irmão dela disse que de vez em quando, assim no mais, ele desanda a chorar.

Parece eu quando meu pai foi embora. Mas o meu ainda pode voltar. E, se não retornar para casa, pelo menos está vivo, bem vivo. Nem se compara ao que o Tadeu está vivendo. A barra deve ser enorme. Comentei com minha mãe e ela até chorou. Deitou a cabeça no meu colo e ficou olhando para o teto. Eu não perguntei, mas acho que sei sobre o que ela estava pensando. Acho que sei. Devia ser o mesmo que eu: meu pai está vivo. Vivo. E isso é maravilhoso. Em que casa ele mora talvez até não importe muito mesmo, como diz a Juliana. O importante é que ele é meu pai.

E está vivo.

O pai do Tadeu não.

O enterro, eu nunca tinha ido a um antes, foi horrível. Toda a dor do velório retornou naquele fim de tarde. O Tadeu chorava muito, quase gritava. A mãe dele, tentando segurar a barra. Nossa. Foi horrível. Nós não conseguimos nos segurar. Choramos juntos. Depois que empurraram o caixão para dentro da parede e fecharam tudo com cimento, foi mais desesperador ainda. Era a certeza de que tudo tinha chegado ao fim. O Tadeu se abraçou aos guris e chorou muito.

— Tô sozinho, caras, sozinho — ele ficava repetindo.

Fiquei com uma pena enorme dele.

Depois do enterro, não o vi mais, mas não consigo apagar da minha mente aquela imagem dele chorando a perda do pai.

Coisa terrível.

Terrível.

Hoje o Cau estava lá no pátio com a Marina. Perguntei se ele tinha notícias do Tadeu, respondeu que não, que ainda não tinha tido tempo para ir à casa dele. Não acredito, Diário! O cara se diz amigo do Tadeu, o Tadeu está mal, e ele não tem tempo para uma visitinha? É demais para mim. Amigo, pois sim. Esse Cau só pensa é nele e nesta Marina. E a pobre da minha amiga ainda anda caidinha por ele. Não sei o que ela vê nele. Não sei mesmo. Às vezes até tenho dúvida se a Isabel F. vai se curar desta paixonite pelo Cau. Tenho medo de que ela acabe fazendo alguma besteira, sei lá. Ele é bem o tipo que, se fica sabendo que ela está gostando dele, vai debochar dela. Se não faz, é só porque é amigo do Pedro Henrique. Aliás, amizade que eu não entendo direito. O Cau é tão diferente dos guris. Mas vai a gente saber qual a lógica das amizades.

A Juliana, por exemplo, era só uma colega de aula. De repente virou amiga de verdade. Claro que a Juliana nem se compara com o Cau. Ela é muito bacana. Está bem preocupada com o Tadeu. Quer até fazer uma visita a ele. Acho que amanhã, quando os guris forem lá, nós vamos junto: eu, a Ju e a Isabel F.

As tardes, sem as rodas de violão, estão meio sem graça. É final de trimestre, provas e mais provas. Não sobra tempo para nada. E o Tadeu, como será que vai se sair nas provas? Bom, mas ele tem todos os motivos do mundo para não ir bem. Todos. Tomara que os professores entendam.

Tomara.

Ontem conversei um tempão com o meu pai por telefone. Combinamos de, após a aula, ele me pegar e nós almoçarmos juntos. Quando ele já estava se despedindo, você nem sabe o que eu fiz, Diário. Aliás, nem eu mesma acredito. Olha só, meu pai estava dando tiau, dizendo para eu me cuidar, e, então, eu perguntei: *A Vitória vai junto?*

— Não — ele respondeu.

Eu não sei direito por que fiz a pergunta e, por não saber direito, acabei dizendo assim:

— Por quê?

E ele:

— Ora, Letícia, porque você não gosta quando a Vitória está com a gente. Nós (o nós devia ser ele e a Vitória) resolvemos respeitar sua vontade.

Então, ficou um silêncio. Daí, eu falei que não me importava que ela estivesse junto. *Fico feliz,* meu pai falou, *mas vamos só nós dois, ok? Eu e você, Letícia. Passo no colégio ao meio-dia. Beijos.* E desligou.

Me deu uma raiva. Eu dizia que a Vitória podia estar conosco e ele nem dava muita importância. Ah, que raiva.

Mas foi raiva passageira. Logo pensei na dor do Tadeu e vi que minha raiva era muita bobagem. Muita.

# 19. DO DIÁRIO DE TADEU

Faz dez dias que meu pai se foi, Chuck. Sabe, antes, quando ele viajava e ficava um tempão longe de casa, era bem ruim, mas agora é pior ainda, agora eu sei que ele não volta nunca mais. Esta viagem que ele fez é sem volta. Maldito o caminhão que tirou meu pai de mim. Eu não quis ver o carro dele, mas ouvi minha tia dizendo que ele ficou um amontoado de ferros. E meu pai estava dentro. O que será que ele sentiu? Será que pensou em mim naquele último momento? Será que se deu conta de que nunca mais me veria, nem a mim, nem a minha mãe, e que nunca mais a gente poderia jogar futebol na praça como quando eu era criança? Que não ia ouvir a música do Roupa Nova que eu tirei no violão só pra cantar pra ele? Meu pai me traiu, não podia ter morrido assim. De repente. Sem dar tiau.

Eu amava meu pai, Chuck, e agora não tenho mais ele.

Ele se foi. Pra sempre.

Fico horas e horas deitado na cama, só olhando pro teto. Não tenho vontade de ir à aula, não tenho vontade de pegar meu violão, não tenho vontade de treinar futebol e nem de ver o Inter jogar. Não tenho vontade de nada. Os guris vêm aqui todas as tardes. Tentam me distrair, mas não conseguem muito, não. O Cícero até tentou me animar, falando da nossa futura banda. Disse que o Murilo toca guitarra e que poderia fazer parte, agora que o Cau só vive pra Marina.

— Que banda que nada — eu falei. — Não tenho mais cabeça pra isso.

E depois que falei foi que me dei conta: era mais uma morte. Mais uma. Só que essa, antes mesmo de nascer. Melhor assim, aí, a decepção é menor. A dor é menor. Tô pra baixo e quero, acho, ficar assim mesmo: pra baixo.

O legal é que meus amigos não desistem. Hoje a Letícia, a Bel e a Juliana vieram também. Ficaram falando sobre o colégio, sobre as aulas e sobre a falta que as rodas de violão tão fazendo.

— A Vanessa mandou um beijo.

Eu olhei pra Juliana quando ela disse isso e ela deve ter se dado conta de que eu não acreditei muito na sua mentira. A Vanessa, é claro, não tinha mandado beijo nenhum. A Juliana tava só querendo me animar. E posso ficar animado por acaso? Posso é nada. Nem mesmo um beijo da Vanessa ou de quem quer que seja, nem mesmo da Marina vai me fazer ficar bem hoje. Quem sabe com o tempo eu possa esquecer que o meu pai morreu.

Duvido.

Tem momentos, tô sabendo agora, que a gente não esquece jamais. Não tem como.

Todo dia abro os olhos e já fico pensando sempre a mesma coisa. Sempre. Meu pai morreu. Meu pai não mora mais aqui comigo. Ele agora anda sei eu lá por onde. Minha mãe diz que ele tá no céu, pois era um pai e um marido muito bom. *Tá com Deus*, diz ela. E me abraça, e repete que agora nós só temos um ao outro.

Meu pai morreu. E tô sofrendo, tô com saudade.

A Larissa ligou, perguntou se podia me fazer uma visita. Eu disse que era melhor não. Não tenho sido uma boa companhia nos últimos dias. Fico procurando pela casa algum sinal do meu pai, algum bilhete, alguma carta que ele tenha escrito e jamais entregue a mim, uma frase sequer que dê a certeza de que eu fui um filho legal. Ele foi um pai bacana. Claro que eu o queria mais perto, queria que a gente pudesse ter sido mais amigo, assim como eu sou dos guris e do sor Carlos. Ah, o sor me ligou também. Disse pra eu entrar no Skype e que tá com saudade de nossos papos. Bah, esse sor é demais. Amigo mesmo. Apesar de sor.

Eu também sinto falta de nossas conversas. Mas ando sem vontade de levantar da cama. Hoje até que tô escrevendo mais, Chuck. E o tempo de diário tá acabando. O Cícero disse que mais um mês de escrita e a sora vai recolher os diários pra corrigir, avaliar, essas coisas.

Bah, Chuck, acho que vou sentir saudade de você. Tenho curtido escrever aqui. Nunca pensei. Veja só: tem coisas que a gente pensa que será um saco e acabam sendo bem legais. Tem coisas que a gente pensa que serão pra sempre e de repente elas acabam. É só um caminhão cruzar nosso caminho.

# 20.
# DO
# DIÁRIO
# DE
# LETÍCIA

As aulas seguem seu ritmo normal. Matéria, mais matéria e uma ou outra prova. Na verdade, todos os professores guardando suas avaliações para a última semana do trimestre. Então, acumula tudo e nós ficamos feito loucos, estudando, estudando, estudando. O pessoal segue levando o material para o Tadeu. Parece que na segunda ele volta às aulas. Tenho um pouco de medo de que o Tadeu não consiga um bom resultado no trimestre, afinal, a barra que ele está vivendo não é fácil.

E eu que pensava que a minha é que era difícil.

Na última vez que fomos à casa do Tadeu, a Marina apareceu lá. Sem o Cau. Achei tão estranho. Não pensei que ela fosse amiga assim do Tadeu. Mas a Juliana, na volta, disse que nestas horas é que a gente conhece os verdadeiros amigos. Olha, sei não, fiquei é bem desconfiada de que os motivos da Marina fossem outros, só que não comentei nada. Deixa o tempo passar e vamos ver quem tem razão. Achei-a muito atiradinha, dizendo bobagens, rindo. Depois falou sobre a festa da Garota do Colégio, que será no fim da semana que vem.

Nem acreditei.

E tem mais. Disse ainda que o Tadeu devia ir. *Vai ser uma boa ocasião para você sair da toca*, falou a tal da Marina. E, depois, com uma voz toda melosa, disse: *Ah, Tadeu, por mim, vai. Vai ser bem legal. E eu vou concorrer*. Riu. Eu e a Juliana nem sabíamos que essa lambisgoia ia concorrer. E ela seguiu no joguinho de menina alegre: *Ah, e será meu aniversário, sabia?* Então, me levantei. Para mim, aquilo estava demais. Convidei a Juliana para irmos embora. Falei que tinha que fazer os temas ainda. Demos tiau e fomos indo. Antes de sair, ainda ouvi aquela vozinha irritante dizendo: *Se eu ganhar, vou oferecer o título a você.*

E o Tadeu sorriu.

Depois de todo aquele momento de dor, ele sorriu.

Sorriu para a Marina.

E eu, Diário, nem sei bem direito por que, fiquei com uma raiva enorme. Quer dizer, era legal que o Tadeu estava rindo, era, sim, e eu fiquei feliz com isso. Minha raiva era da Marina, uma fazida. Isso, sim.

Bom, não sei se estou certa, mas me passou uma impressão de que ela está dando em cima do Tadeu. Mas e o

Cau? Olha, até onde sei, e minha fonte de informação é a Isabel F., a maior interessada neste caso, eles ainda estão namorando. Ela me disse que ontem mesmo os viu aos beijos na frente do colégio. Será? Vai saber. Mas que a Marina estava toda de risos e agrados para o Tadeu, ah, isso estava.

Que ódio.

Minha irmãzinha, há pouco, entrou aqui e interrompeu minha escrita. Falou que o pai ligou e nos convidou para jantar com eles. O "eles" são ele e a Vitória, é óbvio. A Cássia disse que é o aniversário da "querida" Vitória. Boa oportunidade para dar um presentinho especial. Pensei em vários: uma cobra cascavel, uma caixa de biscoitos envenenados, um litro de laxante, entre outros. Olha, Diário, eu bem que tento.

Mas não é fácil.

Não é fácil.

Fácil.

*Extremamente fácil*, cantarolo. E, então, a Cássia pergunta se eu vou. Respondo que sim. É chegada a hora da convivência cordial. Fazer o quê? Meu pai já deixou bem claro que ama a Talzinha. Fazer o quê? Melhor é vê-lo feliz.

Então, me lembrei do pai do Tadeu. O caixão sendo empurrado lá para dentro, tudo sendo fechado. Pai e filho separados para sempre.

Lembrei do Tadeu.

E da Marina.

# 20.
# DO
# DIÁRIO
# DE
# TADEU

Coisa mais pirada. Ontem a Marina veio aqui. Sei lá, não quero ficar pensando besteira, mas, depois que ela saiu, o Pedro Henrique e o Cícero disseram o que eu tava pensando: *Bah, Tadeu, a Marina tá se lançando pra ti.* Como assim, Chuck? Ela é a garota do Cau. O Cau é meu amigo. Não pode, é óbvio que não pode, falei pros guris, ela só foi legal, amiga, veio aqui me animar, quer que eu saia pra rua, que deixe esse meu esconderijo.

Uma festa bem que seria legal. A Marina, concorrendo à Garota do Colégio, desfilando, toda linda. Ela e mais um monte de gurias. A Vanessa, decerto, vai concorrer também. Parece que tô vendo o Fred Troglodita babando na primeira fila. Um idiota, só tem músculos aquele lá.

Uma festa pra encerrar meu período de morte. De sofrimento. Quem sabe? Tem povos, o sor Carlos falou esses dias no Skype, para quem a morte é uma festa. Pode? Festejar o quê? A dor de nunca mais ver quem a gente ama? O saco da morte é que ela é pra sempre. Pra sempre. Tá, até sei de gente que acredita em reencarnação ou em vida após a morte. Acreditam que quem morre sai deste mundo de sofrimento e vai pro paraíso etc. e tal. E deve ter alguma coisa mesmo, porque, senão, pra que a gente ia viver? Estudar, trabalhar, construir um monte de coisas, namorar e tudo acabar debaixo de um caminhão. Não, acho que a vida não deve ser só isso, não deve, não. Mas também, ficar trancado dentro de casa, estudando, sem curtir a vida, acho burrada. Vou mais é ir à festa. O resto é o resto, pura besteira. E, se a Marina quiser ficar comigo, fico mesmo.

De que adianta ser certinho?

Meu pai morto. Lá no caixão. Meu Deus... como a vida pode ser tão ruim? Como? Um saco tudo isto. Viver pra quê?

Falei isso pro sor. Ele disse que eu não posso ficar com raiva do mundo. Não posso? Por que não mesmo? Meu pai tava bem vivo, cheio de saúde, aí, de repente vem um maluco num caminhão e passa por cima do carro dele, detona com ele, eu fico sem pai e ainda por cima não posso odiar o mundo?

Posso, sim. Claro que posso. Este mundo de droga.

Larguei, acho, toda a minha raiva no sor, digitei tudo o que tava trancado na garganta. Acho que por ele não estar ali na minha frente, mas estar (essas coisas de Skype têm lá suas vantagens) me deixou mais liberado. Aí, falei tudo, joguei esta minha raiva do mundo, ia digitando e chorando, a *cam* desligada, ele não podia me ver chorando. Bah, Chuck, aí, depois, dormi tranquilo. Acho que foi a noite em que dormi mais tranquilo. Essas conversas com o sor Carlos têm me dado força. Claro, o pessoal que vem aqui em casa também. Vai ver o mundo não é tão podre assim.

Eu vou à festa. Já decidi.

E a Marina? Ah, sei lá. O que tiver que ser será.

# 21.
# DO
# DIÁRIO
# DE
# LETÍCIA

Ontem o Tadeu apareceu na aula. Muitos colegas deram as boas-vindas, ele estava meio sem graça, não é fácil ser o centro das atenções, sobretudo quando o motivo é a morte de seu pai. Um pai morto, acho, será sempre um vazio jamais completado. Houve momentos em que eu achava que o meu pai não morar na mesma casa que eu fosse uma tragédia. Porém, há tragédias maiores. Bem maiores. Tragédias que não têm volta.

No meio da aula de português, a professora nos dividiu em grupos. Queria que nós nos reuníssemos para falar como andava o diário. Formamos grupos de cinco. Ela é que dividiu. Eu, a Juliana e a Isabel F. ficamos separadas.

Que maldade! Meu grupo éramos eu, o Tadeu, o Cau, a Vanessa e a Marta, uma guriazinha sem graça, óculos de aro dourado, sempre de rabo de cavalo, metida a CDF, uma chata, só para resumir. Bom, a tal da Marta desandou a falar, disse que o diário dela se chamava Barbie e que ela tinha escolhido um caderno de capa rosa, bem bonito, e tava usando canetas coloridas para escrever. O Cau não aguentou, soltou uma enorme gargalhada. Ria sem poder parar e foi contagiando a gente. Até o Tadeu caiu na risada. Bem que eu e ele tentamos nos conter. Mas, Diário, não dava, não. A professora se aproximou e pediu silêncio, disse que as nossas risadas estavam prejudicando os outros grupos. De longe, a Isabel F. ficava me fazendo sinais, querendo saber o que estava ocorrendo.

Depois, riso contido a duras penas, foi a vez do Cau falar. Olha, não sei se ele queria chocar, mas disse que o nome do diário dele era Dona Mirna Lu. *Cê tá louco, Cau?* O Tadeu perguntou. Nós silenciamos. A Marta disse que era uma falta de respeito. E repetiu: *Falta de respeito, sim.* Depois levantou e pediu para trocar de grupo. E trocou.

Diário, você não deve estar entendendo nada sobre o porquê da indignação da Marta. E do nosso silêncio. E da pergunta do Tadeu. Explico. É que Mirna Lu é o nome da diretora do nosso colégio. Isso mesmo. Mirna Lu! De fato, o Cau enlouqueceu. Na verdade, acho que ele nunca foi bem certo mesmo. Então, começou a dizer, bem baixinho, que estava contando poucas e boas, que a professora ficaria com os cabelos em pé, falou algo no ouvido do Tadeu e percebi que até o Tadeu ficou envergonhado. Disse: *Você vai ter coragem?* O Cau riu e falou que já tinha tido. *Já tá tudo escrito.*

— O que tá escrito, Cau? — A Vanessa perguntou.

Ele fez ar de mistério, depois falou bem assim: *Coisas de homem.* E riu de novo. Detesto este ar maldoso e malicioso que o Cau tem. Tão diferente do Tadeu. O Tadeu até fica com algumas gurias, mas é diferente. Ele parece mais respeitoso, sabe? Acho que ele é super do bem, apesar de torcer pro Inter. É fanático, não perde um jogo, e hoje, como tem partida à noite, veio de camiseta para a aula. Número 7 nas costas e, abaixo do número, o nome dele em letras grandes: TADEU.

O que será que significa o nome dele? O meu significa alegria.

Bom, após o Cau dar o showzinho dele, eu falei sobre você, Diário. Depois foi a vez da Vanessa e, por fim, do Tadeu. Achei o nome do diário dele bem criativo. Eu sempre achei que ele escolheria o nome de algum jogador do Inter, ele é fissurado em futebol. Até joga no time do colégio. Dizem os guris que ele é goleador. Não entendo muito dessas coisas. Meu pai é gremista, aliás, lá em casa todo mundo é gremista, então, eu sou também.

E, por falar em meu pai, eu e a Cássia fomos ao jantar com a Vitória. Demos um perfume a ela. Minha mãe não sabe, é claro. Senão, o clima ficaria pesado de novo. E eu não quero. Ainda mais agora que as coisas começam a se ajeitar. Minha mãe anda mais calma, fala pouco do pai. Mas é óbvio que, quando chegamos, ela fez uma pergunta aqui, outra ali sobre a janta. Respondi somente o necessário. Cansei desses joguinhos de separação. E a Juliana foi fundamental para isso. Mostrou que eu sou e sempre serei filha do Guilherme. Nada vai mudar isso. A não ser que eu queira.

E não quero.

Não quero, não.

Não. Nunca. *Never.*

Olha só, Diário, o bilhetinho da Ju que eu encontrei dentro da minha bolsa.

*"Amigona, e aí, como vão as coisas com seu pai? Sabe que ando te achando mais linda, leve e solta? Pois é, como te disse, o amor não requer presença física. Quem ama não precisa estar perto da gente o tempo todo. Às vezes a distância até nos dá mais certeza. Beijinho da sua amiguinha Ju."*

Ah, sabe o que eu descobri também, Diário? Que o Tadeu vai à festa do colégio no fim de semana. A tal que escolhe a Garota do Colégio. A Vanessa e a Marina estarão concorrendo. A Marília também. Acho que ao todo são umas dez gurias. Ah, e a vencedora, após desfilar, desce até o salão e escolhe um garoto para ser seu par. Então, ele vira o Gatão do Colégio.

Pois é.

Se a Marina ganha, o Cau vai ficar mais ainda se achando.

Se vai.

# 21.
# DO
# DIÁRIO
# DE
# TADEU

Chuck, o que tá decidido tá decidido, azar. Sei que meu pai morreu, sei que todo mundo vai estranhar me ver na festa, mas azar, acho mesmo que a Marina tem razão, não adianta nada ficar preso dentro de casa, nada vai trazer meu pai de novo. O sor Carlos também pensa assim, conversamos ontem no recreio, ele me animou pra voltar aos treinos de futebol. E voltei. Bah, pegar a bola e brincar com ela no salão foi bom demais. Nem eu sabia a saudade que tava sentindo de jogar.

A Larissa deu uma passada por lá. As gurias da aula também. A gente tá cada vez mais amigos, combinamos de ir todo mundo junto à festa sábado. Eu, o Cícero, o Murilo e o Pedro Henrique vamos levar a Juliana, a Letícia, a Vanessa e, é óbvio, a Bel. Ah, a Marta perguntou se podia ir com a gente também. Na boa, Chuck, ela é meio chatinha, mas fazer o quê? Tão comentando no colégio que ela tá a fim do Murilo. Hehehehehe. E ele, até onde sei, tá ficando com a Marília. Estas coisas de coração. Normal. Mas a Marta tá apaixonada pelo cara. Bah, ninguém merece. Hehehehehehe.

Eu agora não tô a fim de ninguém. Só de curtir a vida adoidado.

E vou curtir muito a festa. Quero dançar bastante e, quem sabe, trocar uns beijos.

Quando falei pra mãe que ia à festa, ela não gostou muito. Falou destas coisas que, pra nós, adolescentes, não têm muito valor. Acho que o luto é dentro da gente mesmo. A dor que eu sinto, a falta do meu pai que sinto, a tristeza que sinto, só eu sei e não preciso ficar provando pra ninguém. Disse tudo isso pra minha mãe. Ela concordou, mas falou que a vida não é bem assim, que as pessoas comentam etc. e tal.

Olha, Chuck, na boa, tô pouco me lixando pra comentários. As pessoas que se preocupem mais com elas mesmas. Eu amo o meu pai, sinto falta dele, mas o que isso tem a ver com sair e me divertir com meus amigos? Acho até bom, aí, a gente não pira. Não fica louco com a dor de não ter mais o pai da gente perto da gente.

É isso.

Minha mãe que me desculpe, mas vou à festa, sim. Rir um pouco, dançar outro pouco e dar uns beijos: Vanessa, Larissa ou qualquer uma que esteja a fim do bonitão aqui.

*El Matador.*

Bah, Chuck, meu violão tá lá na parede. Deve tá até desafinado. Faz um tempão que não toco. Acho que vou fazer isso agora. Quem sabe tirar aquela música do Gilberto Gil que o meu pai tanto gostava: *A linha e o linho.* Ele dizia que era como ele e minha mãe.

Saudade do meu pai. E ele, ali na foto com a camiseta do Inter, sorrindo pra mim.

# 22.
# DO
# DIÁRIO
# DE
# LETÍCIA

Diário, você nem sabe, mas daqui a pouco os guris vêm buscar eu e a Ju para a festa. Ontem, na aula, as gurias estavam alucinadas. Preocupação maior: vestido. A Vanessa, com certeza, era a mais maluca. Afinal, é uma das concorrentes. Estava até organizando torcida, já que a melhor torcida vale um voto para a Garota do Colégio. A turma parece que está toda com ela, menos o Cau, acho. Também, ele é namorado de uma concorrente. E, por falar nele, ontem a dona Mirna Lu chamou-o na sala dela. Parece que levou uma carraspana, como fala meu avô Augusto, por causa do cigarro. Pegaram-no fumando no banheiro, um menino da quinta série viu e dedurou. Não sei o que a dona Mirna Lu disse para ele, mas o Cau entrou na sala com uma cara! Bem feito. Quem manda ficar se achando homenzinho?

Bom, vou me ajeitar, daqui a pouco o pessoal chega. Acho que a festa será bem legal. Só estou preocupada um pouco com o Tadeu. Será que ele está bem mesmo? Às vezes tenho um pouco de medo do que possa ocorrer na festa. Enfim.

# 22. DO DIÁRIO DE TADEU

Difícil dizer o que ocorreu de verdade. Tá tudo muito confuso ainda na minha cabeça. Aquilo que era para ser uma festa e tanto acabou virando a festa da minha desgraça, da minha tragédia, do fim de uma amizade, do começo de olhares desconfiados. A festa da Garota do Colégio, na verdade, foi o estopim de mais uma quase grave crise. Falo quase porque, é claro, nem se compara com a crise que eu tava vivendo antes e da qual eu queria me libertar indo à festa. Tá certo, eu devia ter pensado mais, mas e podia? Podia é nada. Agora tô meio sem saber direito o que fazer, Chuck. Um braço engessado e um olho meio roxo. Droga. Saco. E o pior dos piores é que tive que contar tudo pra minha mãe. Aí, o que a dona Fernanda fez? Me proibiu de sair por um mês. Um mês, Chuck. Um mês é uma eternidade quando a gente é adolescente. Uma eternidade.

Droga.

Saco.

Um mês sem sair à noite, um mês sem ir a uma festa, um mês sem poder ter uma garota nos braços, um mês é uma eternidade. Será que os adultos não entendem isso? Tá certo, pisei na bola, mas a culpa não foi só minha. Tô a fim de conversar com o sor Carlos, quero saber o que ele pensa. Mas ele não tá no Skype.

Pô, sor, entra aí, vai.

Bom, Chuck, o melhor, acho, é contar tudo. Foi assim: a gente passou lá na casa da Letícia, todo mundo bonito, arrumado, gel no cabelo, estas coisas pra ficar pronto pra matança, hehehehehe. Eu, cheio de maldade, pronto pra atacar a primeira garota que demonstrasse vontade de acabar com a minha tristeza. Bah, Chuck, mas, quando vi a Letícia saindo na porta, fiquei bobo. Ela tava linda demais. Eu nunca tinha olhado a Letícia daquele jeito, sorri, disse oi e ela me deu o oi mais lindo que eu já ouvi. No caminho, eu e ela conversamos muito. Ela falou da separação dos pais e de como tava superando a crise. Perguntou como eu tava. Aí, menti: *Tô bem, super a fim de ficar com alguém hoje.* Bah, nem bem falei e já me arrependi. Ela disse algo assim: *Vocês, garotos, são todos iguais. Só pensam em ficar.* E se afastou.

Depois disso, acho que tudo começou a dar errado. Cheguei, o Murilo me ofereceu uma cerveja, bebi e fui pra pista dançar. Às vezes dava uma olhada pra Letícia, mas ela nem me dava bola, ficava lá dançando com as gurias e com o Pedro Henrique. Bom, lá pela meia-noite, a música parou e anunciaram o desfile das garotas. A Vanessa foi a primeira. Tava linda. Minha preferida. Até que chamaram a Marina. Bah, Chuck, ela tava com um vestido preto, colado ao corpo, maravilhosa, uma mulher. Bem diferente daquelas garotinhas metidas a besta, feito eu achava que era a Bel, a Juliana, a Larissa, a Vanessa, a Marta. A Marina é diferente. O saco é que ela era namorada do Cau. Ah, mas se ela quisesse, eu pensei, eu ia querer também. Só que nunca pensei que o que aconteceu pudesse acontecer. Não pensei mesmo, Chuck. Eu juro.

Foi assim. O desfile terminou, as gurias ficaram lá em cima. A melhor torcida foi a da minha turma. Aí, a gente já sabia que a Vanessa teria um voto. Eram quatro jurados. Se mais dois escolhessem a Vanessa, ela seria a Garota do Colégio. Só que a Marina tava demais. Tava mesmo. Bom, quando veio o resultado, a Vanessa, vi na cara dela, ficou decepcionada. Ela foi a primeira princesa e a Natália, uma menina do primeiro ano, foi a segunda princesa. E a grande vencedora, Chuck, nem preciso dizer quem foi, né? Pois foi a Marina, a linda Marina, a deusa Marina.

Minha perdição.

Afinal, tinha aquela história de a Garota descer e escolher um cara pra desfilar com ela. O tal do Gatão. E não havia como recusar. Cara escolhido tinha mesmo que subir no palco e desfilar. É, Chuck, tudo bem democrático, democrático demais, mais ou menos como no período da ditadura militar no Brasil.

Bom, quando ela começou a descer, o pessoal ficou gritando, repetindo o nome do Cau.

Cau, Cau, Cau.

Que Cau nada, Chuck. A Marina passou por ele e veio na minha direção. Eu gelei. Não acreditava que aquela louca ia fazer ali, na frente de todo mundo, o que eu tava desconfiado de que ela faria. Ela veio vindo, chegou bem perto de mim, sorriu com aqueles lábios maravilhosos e disse: *Vem.* Pegou na minha mão e me puxou escada acima. Eu nem acreditava, Chuck. Ela tinha me escolhido.

Quando nós dois passamos pelo Cau e eu vi os olhos de raiva dele, foi que percebi que minha festa ia ficar ruim. Podia virar tragédia. Como virou.

Bom, a Marina desfilou comigo. O pessoal lá embaixo ficou no maior silêncio. Até que alguém gritou meu nome, sei eu lá quem, e o clima ficou mais alegre. E começaram a bater palmas. Sabe, eu tava lá achando que o Cau ia entender, que a Marina tinha feito aquilo só porque era minha amiga e por causa de tudo o que eu tinha sofrido com a morte do meu pai. E sofro ainda.

Mas a coisa não parou por aí. Pior que não.

Quando o desfile acabou, a Marina e eu fomos dançar a dança dos vencedores. Era um ritual isso. Só que ela começou a dizer umas coisas no meu ouvido. Tipo que gostava de me ouvir cantar, que eu tinha uns olhos bonitos, que ela curtia muito caras de cabelos crespos e de aparelho. Eu não disse, Chuck, que as mulheres curtem caras de aparelho? Pois então. A loira mais linda dizendo aquilo no meu ouvido foi demais. Apertei mais ela contra mim, ela não resistiu. Ao contrário.

A gente se beijou. A valer.

# 23.
# DO
# DIÁRIO
# DE
# LETÍCIA

Diário, não sei o que fazer, nem o que pensar. Eu, que não entendia meu pai, que ficava julgando-o por ter ido viver seu amor com a Vitória, agora sei bem o que é viver longe de alguém de quem a gente gosta. Olha, bastou eu ver o Tadeu e a Marina se beijando para me dar conta daquilo que eu vinha percebendo há tempo e negava. Eu gosto do Tadeu. E é um gostar que é mais do que gostar de amigo. Eu gosto do Tadeu e ele ficou com a Marina. Eu gosto do Tadeu, Diário, e não sei direito o que fazer.

Quando a Marina pegou a mão dele e o levou lá para cima, ninguém entendeu nada. A Juliana disse: *Viu só que legal, a Marina quer dar uma força para ele.* A Ju tem esta mania de achar que todo mundo é bom. Que força o quê, a Marina queria mesmo era ficar com ele. Tanto que o beijou daquele jeito.

Que raiva. Que ódio daquela lambisgoia.

Eu e as gurias fomos embora da festa. Pra mim, não tinha mais graça nenhuma. Só que, quando a gente estava saindo, já no pátio, a Marta veio correndo atrás e contou que tinha pintado o maior clima. Disse que o Cau bebeu um pouco a mais da medida e foi tirar satisfações com a Marina. Parece que foi rude, disse até palavrões, então, o Tadeu foi defendê-la, e a Marta falou que, se não fosse o Murilo, o Cícero e o Pedro Henrique apartarem, eles tinham se agarrado feito feras.

Então, nós resolvemos voltar. E, quando botei o pé na porta do salão, vi o Cau avançar para cima do Tadeu. O soco pegou o Tadeu de surpresa e o jogou no chão. Ele se ergueu num salto e se atirou sobre o Cau. Mas o Fred e o Rogério o seguraram e o Cau veio pra cima, bem covardão, e bateu sem piedade. A Marina só gritava, gritava. Mas não fazia nada. Os seguranças chegaram e separaram.

A festa acabou.

E tudo por causa da Marina. Afinal, se ela é (ou era, sei lá) namorada do Cau, como é que beijava o Tadeu? Bom, é verdade que o Tadeu tem lá a sua culpa. Devia também respeitar a namorada do amigo. Olha, Diário, eu só sei que apenas uma pessoa está feliz com essa história toda. Adivinha quem? A Isabel F., é claro.

Antes de ir embora, me aproximei do Tadeu. Ele estava de cabeça baixa, sentado num banco. O pessoal do colégio tinha chamado os pais dos dois. Só iriam para casa na companhia dos pais. O Tadeu ergueu o rosto, estava sereno, mas um dos olhos estava meio avermelhado. Decerto, logo ia inchar. Ficar roxo. Tinha sido um soco e tanto.

— Está doendo? — perguntei.

Ele sorriu, disse:

— Acho que eles me quebraram o braço.

Toquei no braço dele, de leve, ele soltou um ai. Segurei na mão dele, mas não disse nada. Tem horas que é melhor não falar mesmo.

Não falei.

— Vai pra casa, Letícia. Amanhã a gente se vê.

E me sorriu. E eu li nos olhos dele que ele tinha gostado de eu ter me aproximado, de ter demonstrado que me preocupava com ele.

Ah, Diário, você não imagina a vontade que eu tive de fazer um carinho nele, de beijar aquele rapaz tão frágil que estava ali na minha frente. Naquele momento, mais que na hora do beijo, acho, descobri que o Tadeu é lindo. E que eu o amo.

Eu amo o Tadeu, Diário.

Eu amo o Tadeu.

Eu amo.

Só que ainda não sei direito o que fazer com esse amor.

# 23. DO DIÁRIO DE TADEU

O tempo passa rápido. Amanhã é segunda, tenho que voltar pra aula. O olho, ainda meio roxo e o braço, na tipoia. Resultado não muito agradável pra aquela que seria a festa da minha volta. Os guris vieram aqui, disseram que o Cau e a Marina tão brigados, que ela se indignou com a reação dele. Bah, mas eu, no lugar dele, acho que faria o mesmo: partiria pra cima do cara e quebraria a cara dele. Tá, mas no meu caso eu não tive culpa alguma. A Marina é que veio querendo, também não sou de ferro, tava carente, e ela tava maravilhosa naquele vestido preto, toda linda, fazer o quê? Ela quis, eu também quis, por que, então, não beijar? O Pedro

Henrique disse que eu pisei na bola, que tinha que ter respeitado que a Marina era a namorada do Cau.

É, pode ser. Sei lá.

O que mais me deixou pra baixo foi ver a carinha triste da Letícia. Ela é amiga mesmo, ficou por ali, ao meu lado, depois que a festa acabou por causa da briga. Tenho pensado muito nela, na tristeza dela por causa da barra da separação dos pais. Bah, mas melhor é ter pais separados. Eu preferia. Preferia mesmo. Pelo menos, sempre que quisesse, poderia trocar umas ideias com o meu pai.

Assim, por causa do caminhão, não posso. Nunca mais.

E agora ainda tô sendo visto no colégio como desonesto, um traidor de amizade. Bah, não queria isso. Mas fiz. Agora, azar. E se eu fosse conversar com o Cau? Se contasse tudo como foi? Se pedisse desculpa pela burrada? Burrada nada, o beijo da Marina vale qualquer soco no olho ou braço quebrado, até porque também dei os meus sopapos na cara do Cau. O saco é ter que ficar digitando este diário com uma das mãos apenas. Hehehehehe. Demora pra burro. Tô há mais de meia hora aqui.

Será que o sor Carlos tá conectado, Chuck? Quero saber o que ele pensa disso tudo. Quero falar pra ele sobre a Letícia. Será que é só amizade mesmo ou ela tá a fim? O Cícero acha que sim. Disse que não existe amizade entre guri e guria sem nenhum interesse. Será? Ah, acho que não. Eu até tenho amigas. A Larissa. Tá, essa não vale. A Juliana vale. A Marta vale. E a Letícia, será que vale também? Sei lá.

# 24.
# DO
# DIÁRIO
# DE
# LETÍCIA

O almoço hoje foi no apartamento da Vitória. Acho que foi a primeira vez que nos encontramos, passamos a tarde juntos e eu não fiquei me sentindo mal. Foi um domingo bem tranquilo. Acho que estou começando a entender o meu pai e a escolha que ele fez. Não podia ser diferente mesmo. É como disse a vó Betina, logo que o pai separou. Coisa que eu não entendi ou não quis entender direito, até com um pouco de raiva da Vó eu fiquei, afinal, ela disse que ninguém escolhe por quem ou quando se apaixonar. Achei que ela estava dando força para o meu pai, querendo que ele ficasse separado, porém, hoje entendo que não era nada disso, a vó Betina apenas queria me ajudar a entender melhor aquilo tudo. Só que eu não queria.

Tadeu. Tadeu. Tadeu.

O que você está fazendo agora? Será que está pensando em mim? Ou na Marina? Será que ela foi atrás dele? São tantos serás. Tantos, que nem sei direito o que pensar. Só sei que quero que o domingo acabe rápido, que a segunda chegue e que ele apareça no colégio.

O pai e a Vitória são bem apaixonados, sempre trocando carinhos, risos. Bonito de ver. Claro que ainda, por vezes, surge em mim certo ciúme. Fico pensando na minha mãe e na minha Vó, a mãe da mãe. As duas sempre a achar que meu pai agiu errado. Será? Acho que não. Errado talvez fosse permanecer casado com minha mãe quando, na verdade, ele ama a Vitória.

Vitória, a vencedora. Venceu a luta pelo amor do meu pai.

E eu? Será que conquistarei o amor do Tadeu? A Juliana disse que nós temos que ir à luta. Para ela, ir à luta é fazer o Rogério e o Tadeu perceberem que gostamos deles. Não sei. Não tenho coragem. E acho que ela também não. Ontem, quando telefonei para ela e contei o que estou sentindo pelo Tadeu, ela não demonstrou surpresa, disse: *Eu bem que estava desconfiada.* Perguntei por que e a Ju disse que, de uns tempos para cá, notou que eu falava muito nele, que até foi ideia minha ir à casa dele quando o pai dele morreu. Se foi mesmo assim, eu nem me dei conta.

Ah, Diário, hoje, na casa da Vitória, ela me mostrou um dicionário de nomes próprios. E eu, é claro, fui ver o que significa Tadeu. Olha só, que legal: "Tadeu, o corajoso, o confessor, o amável". Acho que o Tadeu é tudo isso que o nome dele significa. Faltou "o lindo". Ele é muito querido.

Pena que tenha ficado com a Marina. Aliás, só com a Marina não. Parece que ele não é do tipo de guri que prefira namorar. Gosta mesmo é de ficar.

E eu? O que prefiro? Sei lá.

Lá no apartamento da Vitória me deu uma vontade de contar sobre o Tadeu para ela, quem sabe ela não me dava umas dicas sobre o que fazer. Mas faltou coragem. Faltou.

Amanhã é segunda.

Amanhã é segunda e tem aula.

Amanhã é segunda e tem aula e vou ver o Tadeu, o corajoso.

Melhor dormir, aí o tempo passa mais rápido.

# 24. DO DIÁRIO DE TADEU

A vida dá tantas reviravoltas. Bah, se dá. Há uns dias eu tinha pai, agora não tenho mais. Num fim de semana, fui a uma festa com meus amigos pra me divertir. Ganhei um braço quebrado, uma briga com um de meus amigos e, acho, a inimizade dele. Pois é, Chuck, cada vez tô entendendo menos a vida. Acontece cada coisa que até Deus duvida. Num dia me vejo amando uma guria, no outro, não tô nem aí mais pra ela. É bom beijar, ficar, mas acho que aprendi um pouco com a relação dos meus pais a querer algo mais. Sou daqueles amantes à moda antiga, como já escrevi em você. Quero uma garota meiga, só minha, pra quem eu possa escrever poemas de amor, cartas, dar uma flor roubada, essas coisas. Sei lá se meus amigos me acham babaca por causa disso. O Cau, até acho que acha. Bah, Chuck, mas ele agora não conta, nem meu amigo mais é. Ontem, depois da aula, fui à casa do Pedro Henrique, tava calor, o pessoal foi pegar uma piscina. Só que, quando cheguei lá, o Cau tava lá. Aí, nem bem cheguei, ele foi levantando, vestiu a bermuda e a camiseta e disse que ia indo. Eu falei: *Não precisa não, cara. Se é por minha causa, eu tô indo.* Aí, ele me olhou com raiva, sabe, Chuck. Disse que tinha acabado com a Marina e que, se eu quisesse, que ficasse com ela, mas que ficasse, sabendo que ele gostava demais dela e que eu tinha sido culpado pelo fim da história deles. Bah, Chuck, tentei explicar, mas ele foi saindo prum canto, nem quis me ouvir. E o pior é que ficou um clima super-ruim. O Cícero, pra quebrar o gelo, se atirou na piscina e convidou o resto do pessoal. Todos foram, menos eu e o Cau. Eu, por causa do braço quebrado. Ele, acho, porque resolveu falar comigo.

A gente ficou em silêncio um tempo. Aí, eu me aproximei dele e disse que não queria ter beijado a Marina. Ele me olhou bem dentro dos olhos. Falou: *Mas beijou, cara. Beijou. E bem na minha frente.*

— Eu achei, sei lá, quando ela quis me beijar, que vocês nem tavam mais juntos.

— Bah, Tadeu, não tem desculpa. Mesmo que a gente não tivesse mais junto. Mesmo assim. Você sempre soube que eu gosto demais dela.

O pior é que eu sabia. Sabia mesmo. O Cau era louco pela Marina. E eu, sei lá, acho que, por tá com raiva do mundo por causa da morte do meu pai, acabei fazendo aquela bobagem. Mas ela é que veio com tudo.

— Ela é que quis — tentei remendar.

Ele riu. Perguntou:

— Nunca vi ninguém beijar alguém que não queira, meu. Olha, quer saber, tô pouco me lixando procês dois. Vai lá, fica com ela. A gente não tá mais junto mesmo.

Aí, foi saindo. Eu bem que quis chamá-lo, pedir desculpas, mas fiquei quieto, parado. Lá da porta da casa, ele se voltou e falou, meio baixo, é verdade, mas eu ouvi: *Desculpa pelo braço. Eu não queria.*

— É — eu falei. — Às vezes a gente faz coisas que não quer.

Ele deu as costas e se foi. Bah, Chuck, eu fiquei mal, dei um tiau pro pessoal e fui-me embora. Não dava mais pra ficar ali. O Cau tinha mesmo razão, eu tinha pisado na bola. Tô arrependido. Só que é tarde.

O sor Carlos até acha que não, ele disse que, com o tempo, as coisas se ajeitam, falou que o Cau vai entender o meu lado. Sei lá, Chuck, pode ser, pode até ser, porém, vou ter que conversar com ele, acho. Dizer que o acho um cara bem legal, apesar de a gente ser diferente. O saco é isso. O Cau passa aquela imagem de cara que nem tá aí pra namoro ou pra coisa alguma, mas no fundo é um romântico como eu. E tá sofrendo por causa da Marina. E por minha causa também.

O telefone tá tocando, vou ver quem é.

# 25.
# DO
# DIÁRIO
# DE
# LETÍCIA

A Juliana é uma louca mesmo. Ligou pra casa do Tadeu e o convidou para uma roda de violão no colégio mais no final da tarde. Nem se deu conta de que ele está de braço quebrado. Inventou que o Pedro Henrique vai tocar. Ah, meu Deus, eu fiquei desesperada. Ela, ali do meu lado, falando com o Tadeu. E eu, muda. Torcendo para que ele aceitasse. E ele, Diário, aceitou.

Aceitou. Aceitou.

Depois foi a vez da Isabel F. ficar pedindo: *Agora liga para o Cau. Liga para o Cau.* A Ju, é claro, foi ligando para todo mundo. Queria mesmo era reunir a gente de novo, principalmente o Rogério, e ver se o pessoal esquecia a festa da semana passada. Aquela que a Marina conseguiu estragar.

# 25. DO DIÁRIO DE TADEU

Tô longe da bola. Tô longe do violão. Tô longe de meus amigos. Mas hoje a Juliana ligou, convidou pra uma rodada de música no colégio. Disse que vou, mas não sei direito. Ando com vergonha da besteira que fiz e que acabou com a festa de todo mundo. E, depois, vai que a Marina ou o Cau aparecem. Ela não falou mais comigo desde a festa. Sei lá por quê. Bah, Chuck, ando cansado destas gurias que vêm, me beijam, depois não olham mais pra minha cara. Será que beijo tão mal assim? Não, isso sei que não, na hora rola uma química superboa. Acho que tô mesmo é escolhendo as gurias erradas. Sei lá. Vai ver é isso.

E se a Juliana tiver a fim? Não, sei que não, a Bel disse, e a Ju não esconde de ninguém que gosta do Rogério. Ele é que não tá nem aí pra ela. Bom, vai ver que ela cansou e resolveu partir pra outra. Será? Sei não. Sei não.

Ainda se fosse a Letícia. Ela é bem legal. Quem sabe? Se ela tivesse a fim de mim, acho que eu ia gostar. Aquela noite, na festa, ela foi tão bacana comigo. Bom, não só naquele dia. A gente até que se dá bem. A Letícia é diferente, acho que é. Tá, mas chega de pensar em besteiras. Chega. Deixa a vida rolar.

Bom, Chuck, tá chegando a hora de revisar você, tirar aquilo que não pode ser lido pela sora. Daqui a duas semanas é a data pra entregar você pra sora. E ainda tenho que imprimir e encadernar.

O final do trimestre chegando, logo, logo o ano acaba. Tanta coisa: trabalhos, diário, provas. Tanto sofrimento. Um pedido de desculpas ainda pra fazer e, quem sabe, um amor pra conquistar. Hehehehehehe.

O bom é que parece que já consigo rir disso tudo.

# 26.
# DO
# DIÁRIO
# DE
# LETÍCIA

Diário, a gente estava ali no pátio, ouvindo o Pedro Henrique tocar violão. Tudo na boa, bem tranquilo, até que "ela" apareceu. Ela, você sabe muito bem quem é, né? Nem preciso dizer seu nome. Pois é, ela veio vindo, aquele sorriso de quem está de bem com a vida. Deu um oi geral e sentou-se ao lado do Pedro Henrique. E, nem bem ele encerrou a música que estava tocando, ela já foi pedindo uma outra e meio que tomando conta do campinho. Que guria mais metida. Será que não se enxerga? O Cau se ergueu e foi se afastando. A Isabel F. fechou a cara, tava jogando todo o charme para cima do Cau e a Marina aparecia para estragar tudo.

Essa Marina parece que nasceu apenas para atormentar os outros. Eu fiquei observando o Tadeu, queria ver a reação dele, queria perceber se ele ficava mexido com a presença Daquela Uma ali. Mas nada. Acho que ele descurtiu, sei lá. A Isabel F. disse que dia desses ele e o Cau meio que conversaram na piscina da casa dela, mas que, como o Pedro Henrique não a deixa descer quando os guris estão lá, ela não pôde ouvir o que eles disseram. Falou que conversaram pouco, que logo o Cau foi embora. *Um saco. Ele estava lá, todo lindo, de sunga preta, atirado no sol, aí, o Tadeu chegou e ele foi se vestindo e indo embora.* A Isabel F. adora espiar o Cau na piscina. Adora. Pena que ele nem saiba que ela existe.

Ah, essas coisas do coração. Meu pai e a Vitória que o digam. Eu, a Juliana e a Isabel, as três apaixonadas, que o digamos também. Fomos gostar justamente de quem não gosta da gente. A Ju disse que temos que ir à luta. *Podemos perder a batalha*, ela fala, *mas jamais desistir da guerra.* Essa Juliana tem cada uma. Pois foi dizendo: *Ah, Marina, você me desculpa, mas eu já tinha pedido para o Pedro Henrique tocar aquela do Paralamas. Se der, depois ele toca a sua. Certo?* E se virou para o Pedro e disse: *Vai, Pedro, toca. Estou louca para cantar.*

A Marina disse: *tudo bem*, e ficou quieta. Os olhos no Cau. Acho que até pensou em ir até ele, mas o Tadeu se levantou e, enquanto a gente cantava que não nasceu de óculos, ele parou do lado do Cau. Ficaram conversando um tempão. Depois o Cau bateu de leve no ombro do Tadeu e foi embora.

E o melhor dos melhores, Diário, sabe o que foi? Olha, quando eu disse que já estava na hora de eu ir, que amanhã tinha prova e coisa e tal, o Tadeu disse que ia indo também. E, então, Diário, perguntou se podia ir comigo.

Eu disse que sim. E a Juliana deu um sorrisinho maroto.

Nós fomos saindo e eu sentia o olhar de todo mundo preso nas nossas costas. A garganta seca, nem sabia o que dizer. Fomos em silêncio, até que... Só um pouquinho, Diário, estão batendo na porta.

Acho que é a Cássia.

Ela anda tão legal nos últimos dias. Será que está crescendo?

# 26. DO DIÁRIO DE TADEU

Duas coisas dez aconteceram hoje à tarde no colégio. Ainda bem que eu aceitei o convite da Juliana.
Primeira:
O Cau tava lá. A Marina também. Quando ela chegou, parecendo que tudo tava normal, como sempre foi, ele se afastou do grupo. Bom, aí, eu pensei que era o momento certo pra colocar tudo em pratos limpos, como dizia meu pai. Meu pai. Eu tive um pai, Chuck. Agora não tenho mais. Mas acho que valeu ter tido, isso é que vale mesmo, né? O sor Carlos pensa assim. Ele disse que é melhor a gente sofrer, mas ter vivido as experiências, do que viver

uma vida meio que de mentira, temendo sempre se decepcionar etc. e tal. Na aula de filosofia, dia desses, a sora ficou questionando sobre o sentido da vida. A turma viajando na pergunta, e eu só me perguntando se a vida tem mesmo sentido. Acho que não. Sei lá.

Bom, mas eu tava mesmo era falando do Cau. Eu me levantei e fui até lá. Logo que cheguei, ele perguntou meio bravo o que eu tava fazendo ali. Aí, eu falei:

— Quero conversar um pouco contigo.

— Fala — ele disse.

E eu falei. Repeti mais uma vez a história que ele já sabia. Disse que até o momento não entendi direito a atitude da Marina. Falei que tava arrependido etc. e tal. Aí, ele me olhou e perguntou se era por medo de levar uma sova de novo.

— Bah, Cau, você sabe que o resultado da briga podia ter sido diferente. Era só o Fred e o Rogério não terem me segurado. Não é por medo, não. É porque sou seu amigo e agi errado. Entendeu? E, por isso, quero pedir desculpa. Não me dei conta na hora do que eu tava fazendo. Foi o clima, a cerveja, a raiva do mundo que eu tava sentindo por causa da morte do meu pai. Queria mesmo, acho, me dar mal.

O Cau sorriu um sorriso meio triste, deu um tapa de leve no meu ombro e disse que eu não esquentasse, que tava tudo bem, que a gente era amigo de novo. Bah, Chuck, eu fiquei bem feliz. Aí, ele foi embora. A Marina correu atrás, tomara que eles se acertem.

Sei lá.

Acho que tô naquela fase de ficar feliz com as pequenas coisas da vida. Acho que sou mesmo um cara da paz, sem brigas, sem estresse, só curtição. Curtir a vida, os amigos, estes momentos de carinho e de alegria. O violão do Pedro Henrique, a voz da Letícia cantando aquela da Marisa Monte que fala do amor, *Amor I love you*.

Ah, e por falar na Letícia, vamos para a segunda coisa boa.

Segunda:

Eu e a Letícia fomos juntos pra casa. No início, a gente foi caminhando em silêncio. Lado a lado, só nós dois e a nossa respiração. Então, eu falei que queria agradecer pelo apoio que ela me deu na noite da festa. *Rateei feio com o Cau.*

— Acontece — ela disse e me olhou bem dentro dos olhos. Coisa mais linda.

— É, mas eu não queria.

— Olha, Tadeu, com a história da separação dos meus pais, eu aprendi que às vezes a gente faz coisas que não está a fim de fazer. Em outras, a gente deixa de fazer coisas que seria melhor fazer. Entende?

Aí, eu perguntei: *O quê?* E ela disse: *Sei lá.*

E a gente andou mais um tempo em silêncio. Falamos sobre as rodas de violão, sobre o colégio e sobre a necessidade de escrever de novo nossos diários. Tanto eu como ela colocamos coisas bem pessoais, coisas que não queremos que a sora fique lendo. Hehehehehehe.

Bom, quando chegamos ao portão do prédio dela, eu perguntei, sei lá por que, se ela era a fim de algum dos guris. E sabe o que ela disse?

— Sou.

— De quem? — eu perguntei, e ela, sorrindo, disse:

— Adivinha.

— Do Pedro Henrique?

— Não.

— Do Fred — falei e ri. Ela riu também.

— Errou de novo.

— De quem, então?

Aí, sabe o que ela disse, Chuck? Disse e entrou, fechando o portão entre a gente. Sabe o que ela disse? Disse assim:

— De você, Tadeu.

E eu fiquei parado, feito bobo, sem saber o que dizer. E ela se foi. Entrou no prédio. Se foi.

# 27.
# DO
# DIÁRIO
# DE
# LETÍCIA

Como foi que eu tive coragem?

Como foi que tive?

Como?

Até agora não sei, Diário. Ele, ali, perguntando se eu gostava de alguém. Nem pensei direito e falei. Se tivesse pensado um pouquinho só, quem sabe teria mentido ou teria ficado quieta, deixando ele pensar o que quisesse. Mas falei. Falei, assim como a Juliana disse que tinha que ser. Falei. Agora ele sabe. Sabe. E vai fazer o que quiser fazer. Sei lá.

Às vezes me vem uma sensação de felicidade por agora ele saber. Em outras vezes me vem uma vergonha. Como eu pude ser tão ousada? Fico me sentindo meio igual às outras gurias que vão, sei lá, dando em cima dos guris. Ah, mas eu não dei em cima do Tadeu. Dei, Diário? Acho que não.

Sim ou não?

Entrei em casa correndo, minha mãe perguntou o que houve, e eu gritei: *nada, nada*. E me tranquei aqui, louca de vontade de falar com a Juliana, contar para ela como fui corajosa. Liguei, mas caiu na caixa postal. Talvez ela estivesse no colégio ainda e nem ouviu a chamada. Ah, meu Deus. Que faço agora? Como vou poder olhar no rosto dele amanhã na aula? E se ele fala para os guris? Ah, acho que não vai fazer isso. Não, não vai.

Ah, Diário, o telefone está tocando. Deve ser a Juliana. Ah, meu Deus, não é ela, não. É o Tadeu. O que faço? Está tocando. Atendo ou não atendo?

Atendo.

# 27. DO DIÁRIO DE TADEU

Chuck, Chuck, depois que a Letícia disse aquilo pra mim lá no portão do prédio dela, bah, meu, eu fiquei feito bobo, parado, vendo-a entrar, louco pra dizer, bah, espera aí, quero falar contigo, quero dizer que acabei de descobrir que tô gostando de ti, volta, volta, mas não disse nada. Sabe aqueles momentos em que a gente fica meio apatetado, sem nem saber direito o que fazer, mas sabendo que tem que fazer algo, senão, o tempo passa, a vida passa e a gente fica parado vendo o navio passar sem coragem de correr e pular dentro dele? Pois é, Chuck, foi assim que eu fiquei me sentindo vendo a Letícia entrar no prédio dela, depois de ter dito o que disse.

Bah, Chuck, vim pra casa caminhando meio no ar, meio nas nuvens, meio nas estrelas, coisa boba, mas linda. Aquela garota disse o que nenhuma outra me disse. As outras vinham e falavam que eu era isso, que meu cabelo sei lá o quê, que meu aparelho. Ela não, ela foi clara. Direta. Disse que tá a fim de mim, a fim, não. Ela disse que gosta de mim. Gostar é bem mais do que tá a fim. Tá a fim é coisa passageira, coisa pra uma festa e só, gostar é melhor, é mais demorado, é pra mais tempo, é até pra sempre, às vezes, como foi com meu pai e com minha mãe. Até a morte.

Ela gosta de mim, Chuck. Ela gosta. E eu descobri que também gosto dela.

Pode?

Hehehehehe. Claro que sim. Cheguei em casa e me conectei. Louco que ela estivesse conectada também. Tavam alguns amigos e o sor. Bah, fui logo contando pra ele tudo. Fui falando da minha dúvida sobre o que fazer, e, aí, ele disse que, se eu não queria perder o momento, que eu ligasse pra ela e dissesse tudo o que tava contando pra ele. Mas e coragem? *Ela teve*, o sor falou, *e, se você gosta mesmo dela, se tem o fone dela, por que não liga? O que pode acontecer de ruim? Nada, Tadeu. Nada.*

Aí, eu digitei assim: *Vô ligah!!!!!!* Cheio assim mesmo de exclamações. E, antes de mudar de ideia, peguei o celular e teclei o número dela.

Bah, Chuck, foi muito legal. A gente conversou um monte. Superleve, sem esta coisa de querer ficar, só conversa de quem se gosta. Aí, eu perguntei se aquilo que ela tinha dito não era brincadeira, era verdade mesmo. E ela disse que era verdade verdadeira. Aí, a gente riu. Aí, eu falei que tava gostando dela também. E que queria falar com ela, ao vivo. E ela disse: *Vem aqui, então.*

E eu fui.

Eu fui, Chuck. Eu fui.

# 28.
# DO
# DIÁRIO
# DE
# LETÍCIA

Não faz muito que subi. Eu e o Tadeu nos encontramos na praça. E ele, Diário, disse que gosta de mim. E sorriu com aquele sorriso lindo, sincero. A gente ficou se olhando em silêncio um tempão, meu coração batia forte. Então, eu falei para ele:

— Meu coração está disparado.

— O meu também — ele falou. — Deixa eu pegar sua mão que eles se acalmam.

Ele tocou minha mão, e meu coração se acalmou mesmo. Acho que o dele também. Então, nós saímos a caminhar de mãos dadas. Acho que foi ali, naquele momento, Diário, que o Tadeu virou meu namorado e eu, namorada dele. Acho que, se o mundo acabasse ali, naquele instante, nem íamos perceber. Éramos só nós, mais ninguém. Não havia espaço para separações de pais, para a morte, para as provas de final de ano, para a Marina. Para nada e ninguém.

Só faltou uma trilha sonora. Acho que vou escolher aquela do Jota Quest que eu ando cantarolando dentro de mim: *Quero um amor maior, amor maior que eu, que eu.* Mas quero ouvi-la cantada pelo Tadeu.

Só para mim.

Estou tão feliz, que acho que nem vou dormir hoje.

Estou tão feliz.

Vontade de gritar esta felicidade para todo mundo ouvir. Vontade de guardar ela só para mim.

Só para mim.

Ela é linda. E é minha namorada.

Vou esquecendo todo o turbilhão que a minha vida se tornou desde a morte de meu pai e fico querendo voltar a ser o Tadeu de antes. Aquele mais alegre, aquele menos sofrido, aquele que sabe que, mesmo a vida trazendo coisas ruins, também presenteia a gente com momentos bons. Muito bons. Maravilhosos.

Letícia, Letícia, Letícia: minha alegria.

E o estranho é que não fico querendo contar pros guris, não fico querendo que todos saibam, acho que é coisa só nossa, só minha e dela. Tadeu e Letícia.

Minha mãe entrou no quarto há pouco e perguntou o que eu tava fazendo.

— Escrevendo o diário de português — respondi.

— E por que essa cara de bobo?

Eu ri.

— É que tô escrevendo sobre a garota que amo.

Ela sorriu também.

A nossa casa, aos poucos, começa a voltar ao
eixo. O meu pai vai fazer falta, eu sei. Mas a presença dele sempre vai tá por aqui, dentro de mim.

Também sei.

# 29.
# DO
# DIÁRIO
# DE
# LETÍCIA

As gurias vieram aqui em casa. Estavam aflitas para saber do Tadeu. Contei a elas que a gente estava namorando. *Jura?*, gritou a Isabel F. e ficou falando que quem dera o Cau olhasse para ela. *Que nada. Ele e a Marina voltaram e eu fiquei a ver navios. Ah, mas não desisto. Não desisto mesmo.* Eu e a Ju rimos. Aquilo já estava virando obsessão.

— E você, Ju?

— Eu sei lá. Acho que larguei o Rogério de mão. Acho que vou sonhar sonhos mais próximos de conquistar.

— Tais como? — perguntei.

Ela soltou uma daquelas gargalhadas dela e disse:

— Tal como o Cícero. Ou o Pedro Henrique. Imagina nós duas cunhadas, heim, Isabel? Acho que seria legal.

Ah, bom assim, se sentir leve, sem preocupações maiores que estudar para as provas, fazer os trabalhos, concluir você, Diário. O ano se aproxima do final. Dizem que ano novo é vida nova. E eu quero. Sei que ainda por um tempo, talvez por muito tempo, tenha que aguentar as indiretas da minha mãe, as espetadas da minha avó, cada vez que eu voltar de um fim de semana com meu pai. Ou com a Vitória. Ou com o vô Augusto e a vó Betina.

Mas vai passar.

Tudo um dia passa.

A Juliana me disse isso certa vez. No momento, eu achava que não. Hoje já sei que existem verdades que vão além do nariz da gente. E isso é bom. Acho que deixei de ser menina. Boba e infantil como a Cássia. Ah, escrevo e já me arrependo. Eu fui muito mais boba e infantil do que a Cássia. Bem que a Vitória me disse.

A Vitória.

Meu pai.

Minha mãe.

A Cássia.

O Tadeu.

Acho que aprendi a ver cada um deles de um jeito diferente.

Tomara.

# 29. DO DIÁRIO DE TADEU

Ontem eu e Minha Alegria nos beijamos pela primeira vez. Beijo diferente daqueles outros. Beijo de quem vai se descobrindo aos poucos, sem pressa. Eu amo a Letícia, Chuck. E ela me ama.

Essa é a diferença.

Foi assim:

A gente tava na praça em frente à casa dela. O legal é que, quando a gente tá junto, a gente conversa sobre mil coisas. Sobre tudo. Então, eu tava falando sobre o tempo que fiquei ausente do colégio e a raiva que tava do mundo quando o meu pai morreu. Aí, claro, lembrar do meu pai me fez os olhos se encherem, ela sorriu, limpou com a ponta do dedo aquela lágrima chata que escorreu. Depois me deu um leve beijo no rosto. Disse:

— Eu gosto muito de você.

Eu sorri:

— Eu também. Muito.

Aí, ficamos nos olhando.

Aí, eu aproximei meu rosto do dela.

E, quando nossas bocas se encontraram, foi um beijo calmo. Cheio de carinho. Beijo que foi crescendo, crescendo.

Beijo de amor. Hehehehehehe.

# 30.
# DO
# DIÁRIO
# DE
# LETÍCIA

Puxa, depois de entregar você para a sora, achei que nunca mais ia escrever. Que nada. A vontade segue coçando na minha mão e, quando vejo, estou aqui a relatar minha vida, a contar meus segredos, minhas dúvidas, meu amor pelo garoto mais lindo do colégio.

Amanhã é a festa de encerramento do ano. Nossa formatura na oitava série. E o Tadeu é o orador. O pessoal pediu para ele fazer um discurso bem bacana. Vai ser a primeira vez que minha mãe e a Vitória vão se encontrar. Eu a convidei. Fiz questão de que ela estivesse presente. Sei que minha mãe, quando chegar em casa, vai me encher a cabeça com suas observações. Vai dizer que eu jamais poderia ter convidado a Vitória.

*Jamais, por quê?* Eu vou perguntar.

Então, ela dirá que eu sei muito bem o porquê. Bom, então, direi que a formatura é minha e que eu convido quem eu quiser. E ponto final. Ando tão feliz com o Tadeu que não quero perder tempo discutindo com minha mãe. Um dia, acho, ela vai se curar deste ciúme bobo, desta esperança de que o pai possa voltar para casa.

E, depois, quero ver o meu pai feliz.

# 30. DO DIÁRIO DE TADEU

O ano acabou. As aulas acabaram. Até a festa de formatura acabou. Só não acabou você, hein, Chuck? Hehehehehehe. Tá certo que não tenho escrito tanto em você como antes, mas é que antes era "obrigado", né? E nada obrigado pode ser bom. Se bem que você até me ajudou a superar umas barras aí, né?

Bah, ontem conversei com o sor no Skype, ele disse que adorou o meu discurso. Bah, modéstia à parte, eu curti muito também. Quando todo mundo pensou que eu ia ficar naquele blá-blá-blá de sempre, eu chamei o Murilo, o Cau, o Cícero e o Pedro Henrique pra subir no palco. Aí, a gente afastou as cortinas e lá atrás tavam nossos instrumentos musicais. Aí, eu disse que meu discurso não ia ser falado.

O pessoal lá embaixo: pais, colegas, amigos, parentes, professores, na maior expectativa. Acho que a Mirna Lu se apavorou num primeiro momento. Olhou pros lados meio que pedindo socorro. Acho que levou medo de que eu fosse provocar alguma tragédia que estragasse a festa da formatura.

Me senti meio poderoso lá em cima. E tive a certeza, naquele momento, que a nossa banda estava nascendo.

Aí, dei o sinal, o Cícero tocou uns acordes na guitarra e o som explodiu. Eu comecei a cantar meu (nosso) discurso. Falava de vencer dificuldades. Falava de não desistir jamais dos sonhos. Falava de descobertas e do quanto vale ter amigos e amores. Falava também da saudade que, com certeza, a gente ia sentir daqueles tempos de escola.

Eu cantava.

Lá embaixo, toda linda, Letícia acompanhava a letra. Só ela conhecia a surpresa que eu tinha inventado. Sabia que era eu quem tinha escrito. Tava feliz. E eu também. Não sei até quando esta felicidade toda vai durar. Mas isto não importa.

Ou será que importa?

Vai saber.

Este livro foi composto nas fontes Garamond (Letícia)
e Bitter (Tadeu) e impresso em papel offset 90g/m²,
pela Impress Gráfica e Editora, em setembro de 2024.